# 제천

# 제천

심봉순 소설집

북인

## 차례

| | |
|---|---|
| 염막 | 7 |
| 제천 | 31 |
| 여름의 끝에서, 연지 | 63 |
| 비얌 | 87 |
| 어떤 싸움 | 111 |
| 협곡 | 137 |
| 목소리, 눈 내리는 날 | 161 |
| 구멍 하나 | 193 |

작가의 말 | 이해받지 못한 감정에 위로가 되기를 · 217

염막

## 염막

 남편은 그를 힐끗 한번 쳐다보더니 핸드폰을 찾았다. 대뜸 욕을 했다. 전화에 대고 욕했지만 그 사람의 어깨가 움찔했다. 힘 좀 쓰는 사람으로 보내달라고 했더니만 이런 책상물림을 보내주면 앞으로 거래를 하겠다는 건가 말겠다는 건가 뭐 이러고저러고 하면서 길길이 뛰었다. 칠월의 붉은 태양 아래에서 약 먹은 당나귀처럼 가루뛰고 시루뛰자 벌거벗은 웃통이며 목덜미가 땀으로 번들번들했다. 난폭한 검은 당나귀는 산달의 임신부처럼 배가 불룩 튀어나와 더 우악스러웠고 괴기스러웠다.
 언뜻 봐도 그는 이곳 사람들과 어울리지 않게 하얀 피부며 테가 굵은 검은 뿔테 안경이며 바람 한 자락에도 휘청거릴 것 같은 비썩 마른 몸피였다. 여전히 방방 뛰던 남편이 수화기를 거칠게 팽개치더니 횡하니 나가버렸다. 목포로 나가 핸드폰을 바꾼 지가 일주일도 되지 않았건만 또 액정이 깨졌다. 이번에는 핸드폰 아래 모서리에 제대로 부딪혀 바늘구멍만 한 구멍이 퐁 뚫리며 순식간에 잔금이 거미줄처럼 번졌다.
 내가 그 자리에서 할 일은 핸드폰을 줍는 일밖에 없기도 했다. 일꾼들이 지켜보는 눈 때문이었다. 그 사람은 남편의 뒷모습을 쳐다보더니 미처 벗지도 못한 가방을 다시 추스르며 떠날 태세였다. 남편도 그렇지 일꾼 구하기 힘든 이때 어쩌자고 저리 난리 발광을 부리는지 알 수가 없었다. 인력사무소에서 오죽하면 저런 사람을 다 보냈을까. 또 천둥 같은 소리가 들려왔다. 일을 하러 왔으면 옷 갈아입고 일할 생각은 하지 않고 멀뚱히 해 넘어가길 기다리냐는 목소리였다. 밖에 나가 일거리가 산더미처럼 쌓인 염전을 보니 생각이 바뀐 모양이었다. 고사리손도 보태야 할 정도로 바쁜 철이었다.

　남편의 마음이 또 바뀔까봐 옆에 서 있던 선임 일꾼이 얼른 창고 벽에 걸린 작업복과 가슴장화를 그 사람에게 건네주었다. 벽에 걸린 구멍이 숭숭 뚫린 중국산 밀짚모자도 건네줄지 잠시 고민하더니만 그만두는 눈치였다. 그 사람은 카키색 벙거지를 깊게 눌러쓰고 있었다. 일꾼이 서두르자 그 사람도 서둘렀다. 어깨에 걸치고 있던 커다란 가방을 내려놓고 연겨자색 면바지와 검은 집업셔츠 위로 건네준 작업복을 겹쳐 입었다. 저렇게 옷을 많이 입고는 잠시도 일하기 힘들 텐데 하는 생각이 들었지만 남편의 소리가 또 들려 입을 닫았다. 그 사람이 신고 있던 갈색 등산화를 벗고 가슴장화를 허겁지겁 신자 꼭 인형 탈을 뒤집어쓴 것 같았다.

　남편의 염전은 선착장에서 시작해 섬의 남단까지 동쪽 해안으로 길게 이어졌다. 염전은 시시각각으로 붉은 색으로 파란 색으로 보라색으로 무지개색으로 색깔이 변했다. 태양의 위치와 바람의 방향과 바람의 결이 염전의 색깔을 만들었다. 염전 중간쯤에 지붕 낮은 해주가 군데군데 보였다. 꼭 염전에 파란 지붕만 씌운 것 같다. 소금의 씨앗인 바닷물을 저장하는 곳이었다. 전에는 슬레이트 지붕을 씌워 비를 막았지만 석면 논란 때문에 함석으로 바꾸니 훨씬 깔끔했다. 슬레이트 지붕이 썩어 거무튀튀하게 색이 변하면 꼭 나를 보는 듯했다.

소금물창고에서 함수정수기를 통하여 소금물을 염판에 앉히고 며칠 동안의 강렬한 햇볕과 바람으로 별꽃 같은 소금 알갱이가 생성되면 염부들은 커다란 대파로 소금을 거둬들였다. 수리차 대신 양수기가 바닷물을 퍼올리고 염부들이 죽 늘어서 발로 염전을 다지는 대신 장판이나 타일을 깔아 소금을 걸렀다.

젊은 아버지는 평평한 바닥에 흙을 두껍게 깔고 바닷물이 살이 찌는 밀물 때 수리차로 바닷물을 끌어올렸다. 이마에 누런 무명수건을 질끈 동여매고 헐렁한 적삼 틈으로 깡마른 가슴팍을 다 드러내놓은 채였다. 잠방이 한쪽 다리는 허벅지까지 걷어올리고 수리차에 올라서 장대 하나에 의지한 채 온종일 수리차를 돌렸다. 멀리서 보면 꼭 하얀 다람쥐 한 마리가 수리차에 매달려 있는 것만 같았다.

흙에 바닷물을 많이 흡수시키면 시킬수록 질 좋은 소금이 생산되었다. 맨발의 아버지는 온몸으로 태양과 싸웠다. 질끈 동여맨 무명수건 때문에 투사처럼 보였다. 장대는 어마어마한 무기였다. 태양열과 바람으로 바닷물이 빠지고 흙이 굳어지면 이번에는 수분을 완전히 증발시키고 염분만 남기기 위해 쟁기나 써

레로 염전을 갈아 흙을 말려 소금을 얻었다.

　벌써 군데군데 소금 언덕이 만들어졌다. 그 사람은 대파로 모아둔 소금을 수레에 담아 소금창고로 옮기는 일을 맡았다. 커다란 플라스틱 삽으로 소금을 한 삽 뜨자 바닷물이 철철 떨어졌다. 염전 가로는 레일이 설치되어 있었다. 소금을 한가득 실은 수레가 그 레일을 타고 염전 귀퉁이 땅에 있는 소금창고에 부어놓고 빈 수레를 다시 레일 위로 돌돌 밀고 갔다. 중심을 제대로 잡지 못한 수레는 올 때도 갈 때도 곧 넘어질 것처럼 위태로웠다.

　창고에는 소금이 잔뜩 쌓여 있었다. 그 모습만 봐도 벌써 가슴이 벌렁거리며 숨이 막혔다. 그게 싫어 수백 번이나 도망쳤지만 매번 배에 오르기 전에 잡혔다. 감시병을 심어놓지 않았다면 불가능한 일이었다. 육지라면 벌써 성공했을 것이다. 사방팔방에 철조망을 쳐놓고 감시할 수는 없을 테니까. 어느 한 구석 구멍난 곳을 찾거나 땅굴을 파서 산을 넘고 또 넘고 들판을 가로지르고 또 지르면서 수천 일이 걸리더라도 벗어날 수가 있을 것이다.

　그런데 섬은 출구가 딱 한 군데밖에 없었다. 바다를 허적허적 헤엄칠 수가 있는 물고기가 세상에서 제일 부러웠다. 다음 생이 있다면 부레와 아가미가 달린 물고기로 태어나고 싶었다. 어서어서 창고 입구까지 소금이 꽉 쌓이길 바랐다. 그러면 한동안은 어찌지 못할 것이니까. 양쪽으로 홈을 파놓아 질척한 물이 질금질금 흘러내렸다.

　밝은 대낮에는 한번도 염전에 나가보지 않았는데 그날은 웬일로 나가보고 싶었다. 어림짐작으로도 스무 명이 넘는 일꾼들의 새참은 생각만큼 쉽지 않았다. 다른 염전 주인들은 일꾼들을 빼앗기지 않으려고 새참도 신경쓰고 끼니마다 따끈한 밥으로 잘해준다고 했다. 평소에는 대충 컵라면이나 빵으로 때웠겠지만 그래도 명색이 안주인인데 그리할 수는 없다는 생각이 들었다. 이것으로 무너진 체면이 조금 올라가면 좋겠다는 바람도 있었다.

먹은 사람이 똥 싼다고 내 얼굴을 흘깃대는 눈초리가 새참 한 번으로 부드러워지길 바랐다. 하긴 다 내 욕심이겠지. 무엇보다도 오자마자 기가 팍 죽어 있는 책상물림이 신경쓰였다. 전복을 듬뿍 넣은 전복죽으로 참을 내오자 일꾼들이 땀을 흘려가며 허겁지겁 먹었다. 남편은 그 사람의 참 먹는 모습을 보며 밥은 잘 먹는다고 빈정거렸다. 옆에서 두 그릇째 죽을 받아먹던 늙수그레한 일꾼이 일머리가 있어서 금방 알아듣는다고 두둔했.

남편이 대뜸 외국 말을 하는 것도 아니고 복잡한 기계를 조작하는 것도 아닌데 못 알아들을 것은 뭐냐고 으르렁거리자, 일은 힘으로 하는 게 아니고 요령이라고 말을 덧붙였던 선임 일꾼이 헛기침을 흠흠 했다. 무엇 때문인지는 몰라도 남편은 그 사람이 싫었던 모양이다. 내가 그 사람이 신경쓰여 안 해오던 새참을 만들어 오는 것과 같은 맥락이었다.

소금창고 옆에는 임시로 대충 만든 조립식 숙소가 있었다. 일꾼들의 숙소였다. 대부분 뭍에 사는 사람들이었다. 요즈음에는 베트남이나 캄보디아에서 온 외국인이 더 많았다. 거기서 자기

들끼리 밥해 먹고 빨래도 해 입고 쉬는 날에는 텔레비전도 보면서 지냈다.

　남편은 역시나 그 옆에 있는 소금창고로 나를 불렀다. 처음에는 카카오톡을 카톡, 카톡 보냈다. 내가 일부러 열어보지 않자 이번에는 문자로 갈아탔다. 그런데 문자를 몇 번이나 했는데도 대답하지 않자 전화를 걸어 대뜸 욕설부터 했다. 전화까지 씹을 수는 없었다. 그랬다가는 불을 보듯이 뻔한 일이 일어날 테니까. 남편이 자주 써먹는 선제공격이었다. 내 기를 눌러 나를 꼼짝달싹 못하게 만들려는 심보였다.

　그게 잘 통하긴 했다. 남편이 그렇게 나오면 꼼짝도 못하고 도살장으로 개 끌려가듯이 끌려갔으니까. 어디가 바다인지 땅인지 하늘인지 구분이 되지 않을 만큼 까만 밤이 돌아오면 통과의례였다. 특히 오늘처럼 새로운 일꾼으로 인해 화가 나 있는 날은 어김없었다. 해가 넘어가고 어둠이 남실남실 먹어들어오면 체득된 기억으로 벌써 몸은 안절부절못하고 있는데 나는 애써 모른척했다.

　이제는 정말 괜찮겠지 하는 바람도 있었다. 바람은 희망의 사다리였기에 남편을 믿어보기로 했다. 두 무릎을 착 꿇고 황소처럼 울면서 빌었던 날이 일주일도 안 지나갔으니까. 그런데 대뜸 욕설이다. 도로아미타불이 되었다. 그것도 듣도 보도 못한 해괴망측한 욕이라 내 입으로 다시 반복하고 싶지 않았다. 남편은 어디서 그런 한번 들으면 절대로 잊을 수가 없는 욕을 배웠을까. 그렇게 욕을 먹고 나면 똥물이 잔뜩 들어앉아 있는 시궁창에 절임 배추처럼 절여진 듯했다. 매번 듣는 욕이지만 정신이 혼몽해지며 자존심이 상한 것을 넘어 자존감마저 잃어 죽고 싶었다.

미인도에서 뚝 떼온 듯한 초승달이 바다 위에 샛노랗게 떠 있었다. 초승달은 앉아서 봐야 하는데 서서 봐서 이번 달도 밤마다 불려갈 것만 같았다. 엄마가 그리 말했다. 초승달을 서서 보면 그달은 바쁘다고 했는데 나도 어찌된 일인지 초승달을 서서 보는 날에는 남편이 더 그악스럽게 미쳐 날뛰었다.

밤에 보는 소금창고는 낮에 보는 그것보다 훨씬 커 검은 산짐승처럼 거대했다. 일꾼들 숙소에는 푸르스름한 텔레비전 빛만 흘러나왔다. 소금창고는 조명이 필요 없었다. 구석에 쌓여 있는 하얀 소금무덤이 빛을 발했다. 마치 시골의 어두운 밤길에 눈이 내리면 빛이 필요 없는 것과 마찬가지였다. 술 냄새가 진동했다. 홀라당 벗고 있는 남편을 빨래처럼 비틀어 짤 수가 있다면 소금을 실어나르는 수레에 술을 한가득 채우고도 남을 듯싶었다.

남편은 내가 들어오자마자 대뜸 뺨을 한 대 때렸다. 카카오톡을 두 번 받지 않았다고 두 번 뺨을 칠 동안 내가 입고 있는 옷도 두 가지를 벗어야 했다. 남편이 만든 규칙이었고 의식이었다. 문자도 세 번 씹었으니 이번에는 다른 쪽 뺨을 둘러대고 두 가지를 벗으니 이내 알몸이 되고 말았다. 소금 빛에 몸뚱어리가 부옇게 보였다. 더는 벗을 옷이 없자 남편은 크게 선심 쓰는 척 양손으로 내 두 젖꼭지를 비틀면서 이번에는 봐주겠다며 다시는 그런 짓을 하지 말라고 흐흐거렸다. 매번 그 웃음은 온몸에 소금 알갱이가 돋을 정도로 소름이 끼쳤다. 그러고는 나를 소금무덤 꼭대기로 데리고 갔다.

　남편은 취향도 해괴망측해 조금이라도 반항하면 여지없이 주먹이 날아왔다. 그것도 옷을 입으면 보이지 않는 교묘한 곳이었다. 주먹보다 더 참을 수가 없는 것은 더러운 욕설이었다. 그게 두려워 그가 하자는 대로 별 시늉을 다 했다. 아니 시늉하면 금방 알아챘다. 남편을 사랑하지 않는다며 뒤집어씌우고는 또 때릴 것이다. 매가 무서워 최선을 다했다. 남편은 진력이 날 정도로 나를 갖고 놀다가 끝판에는 꼭 내 몸에 소금을 한 움큼 집어넣었다. 방부제를 먹은 것 같은 내 얼굴과 몸뚱어리는 바로 소금의 힘이라고 낄낄 웃으면 그제야 남편의 손아귀에서 벗어날 수가 있었다. 나는 허겁지겁 소금을 털어내며 어둠 속을 뚫고 죽기 살기로 달려야 했다.

　소금창고 문을 열고 나왔을 때 사람이 한 명 서 있었지만 무시했다. 일꾼들 사이에서는 이미 알 만한 사람들은 다 아는 일이라 그 사람도 차츰 적응하겠지. 그 사람도 아마 내가 남편에게 두들겨 맞는 소리에 잠이 깼을 것이다. 어쩌면 벌떡 일어나 앉아서 무슨 소리인지 몰라 우두망찰해 있었을 것이다. 한방의 다른 일꾼들이 히죽히죽 웃고 있었다면 더 영문 모를 얼굴을 하고 있었겠지. 그러고는 금방 사태 파악이 되어 벌떡 일어나자 다른 일꾼들이 다시 앉혔을 것이다. 괜히 나서지 말고 가만히 있으라면서. 조금 있으면 아주 요상한 소리가 들린다고 했을 것이다. 그래도 때리는 소리가 멈추지 않자 그는 또 벌떡 일어났을 것이다.

이번에는 아무도 말리는 사람이 없어서 그 사람은 분연히 문을 열고 소금창고로 다가갔을 테다. 비록 자기에게 한 욕은 아니었지만 아침에 들은 욕설이 문득 생각나 문고리 잡은 손이 잠시 멈칫했는데 이내 잔뜩 힘이 들어간 손의 힘이 스르르 풀리고 말았을 것이다. 얄궂은 신음 때문이었다. 그런데 그것도 잠깐 신음은 한 사람의 것이었다. 다른 한 사람은 비명에 가까운 거짓 신음이라는 것을 알아버렸다. 그것은 듣고자 하면 들리는 사람에게만 들리는 소리였다.

그 사람은 소금창고 옆을 떠날 수가 없었을 것이다. 여차하면 대파라도 들고 처들어갈 작정이었을까. 실제로 대파를 불끈 쥐고 있었다. 그런데 여자가 나왔다. 긴 머리는 막 헝클어졌고 옷매무새도 대충인 여자가 둑방으로 부리나케 뛰어갔다. 뛰어가는 모습이 어쩌면 죽으러 갈지도 몰라 그 사람은 안절부절못했다. 뒤따라가서 말려야 할 듯싶었다. 그런데 누군가가 그 사람의 어깨를 잡았다. 알몸의 주인이 담배를 피우며 히죽이 웃고 있었다. 일만 열심히 하면 몇 년 데리고 있겠다는 말도 했다.

느린 우체통을 아시는지. 편지를 써서 넣어두면 원하는 날짜에 배송되는 우체통이었다. 슬로시티에서 보내는 느린 편지였다.

그런 일이 있고 난 후에는 꼭 편지를 썼다. 편지를 쓰지 않았다면 진작 숨이 막혀 죽었을 것이다. 아니 스스로 죽음의 늪으로 걸어들어갔을 것이다. 편지는 숨통이었다. 우체통이 거기 있다는 것은 언젠가는 편지를 보낼 수 있다는 희망이었다. 그런데 지금은 부칠 수 없는 편지였다. 그냥 차곡차곡 일기장에 끼워두다가 편지가 넘쳐나자 따로 조그마한 초콜릿 상자 속에 숨겨두었다.

내가 한심하다고. 그럴지도 모르지. 하지만 방법이 없다면 어찌할 건데. 내가 죽어야만 풀릴 일도 있다는 것을 모르신다면 인생을 너무 곱게 살았다고 말하고 싶다. 별 방법을 다 써봤다. 선착장에서 잡혀온 것만 해도 명사십리 해변의 모래알만큼일 것이다. 다른 사람에게는 어떨지 모르겠지만 남편에게는 안 통했다. 그나마 남편이 봐주는 게 있다면 직장생활을 허락했다. 하긴 그와 결혼할 때 내가 그에게 내민 유일한 조건이었다. 단지 섬 안에서만 가능했다. 섬에서 바지랑대를 사이에 둔 고추잠자리처럼 뱅뱅 돌았다.

지금은 초등학교 분교에서 근무하고 있다. 전교생은 다섯 명이지만 직원은 분교장과 선생과 행정실 직원과 조리사를 합하면 학생 수보다 더 많은 여덟 명이었다. 근무 환경이 좋다는 말인데 대부분의 선생은 이곳에 오면 죽을 것처럼 생각해 아무도 오지 않으려고 했다. 나는 그 반대였다. 그런데 요즈음은 위험한 기류가 안개처럼 스멀스멀 흘렀다. 공문을 받았다는 분교장의 말은 어쩌면 교육청을 핑계로 분교장이 하고 싶은 말인 줄도 모르겠다.

더는 발령을 미룰 수가 없어 목포 시내에 있는 학교 한 군데로 내신을 내라는 내용이었다. 분교장이라고 들리는 소리가 없을까. 교사는 자고로 품행이 방정해야 한다고 입버릇처럼 말하는 사람이었다. 남편은 길길이 뛸 것이다. 당장 그만두어야 할 것이다. 남편의 염전이 나날이 넓어지는 바람에 내 월급은 코 묻은 돈에 불과했다. 천일염이 미네랄이 풍부하고 발효음식과 만나면 항암효과가 높다는 입소문에 인기가 많았다.

아이들의 체험 목적이었다. 관광객들에게 은근히 인기가 있자 전교생 모두를 데리고 느린 우체통으로 소풍을 갔다. 아이들이 연필로 삐뚤삐뚤 편지를 쓰고 있는 모습을 물끄러미 바라보다가 나도 쓰고 싶다는 강렬한 열망에 사로잡혔다. 누구에게 쓸까. 보내고 싶은 사람은 딱 한 명밖에 없었다. 끝내 인연이 닿지 않은 한 사람이었다. 인연이 닿지 않았다고 마음마저 끊어지지는 않았다.

K를 만나지 못했다면 고등학교 3학년인 나에게 대학은 별나라 공주처럼 아득한 단어였다. 대학생들이 염전에 한 달 동안 농촌봉사활동을 왔다. K와 그의 친구들은 밤에는 섬 아이들을 모아놓고 공부도 가르쳤다. 나는 가지 않았다. 그들이 하는 꼴이 웃겨 보였다. 그럴 힘이 있다면 염전 일이나 더 열심히 돕는 게 나을 듯싶었다. 일을 제대로 못해 뒷손이 많이 간다고 아버지가 날마다 투덜거렸기 때문이었다. 공부에 별 뜻이 없는 아이들이 한 달 동안 배운 것으로 그들의 인생이 바뀔 것도 없었다.

대신 시간만 나면 칠이 벗겨진 낡은 자전거를 타고 북쪽 해변으로 달려갔다. 끝없이 펼쳐진 기나긴 백사장 옆 푸른 그늘에 앉아 있으면 이 세상에 혼자인 듯한 고요함이 좋았다. 해조음을 들으면서 책을 읽었다. 어떤 날은 서쪽에 있는 마을을 지나 저수지를 돌아 해수욕장을 찾아갔다. 폭이 모두 100m밖에 되지 않은 작은 해변이 깊은 만灣 속에 숨어 나를 기다리고 있었다.

그날은 해수욕장을 지나서 산 중턱을 감아돌았다. 몇 번을 굽이굽이 돌자 서쪽으로 파고든 만灣인 해수욕장이 나왔다. 고갯마루에는 우실이 있었다. 방풍벽이었다. 어쩌면 돌아가신 엄마 생각 때문인 듯도 싶었다. 엄마 손으로 이 우실을 쌓았다며 엄마가 보고 싶으면 엄마 보듯 이 우실을 찾아오라고 했었다. 엄마는 내 손을 잡고 이곳으로 자주 왔다. 몰래몰래 눈물을 훔치기 위해서였다. 아버지가 또 노름빚을 졌다며 동네 사람들의 입이 갈매기인 양 끼룩끼룩 날아다니고 있었다.

4월부터 9월까지 다람쥐처럼 수리차를 돌려주고 받은 품삯을 노름판에서 홀라당 잃었다는 소문이었다. 더 기막힌 일은 앞으로 몇 년 동안은 품삯 없이 수리차를 돌려야 한다는 말도 들었다. 품삯을 선급으로 받아 노름빚을 갚았다는 말도 들렸다. 그것도 엄마 품삯을 포함해서였다. 엄마는 이런 아버지가 싫었는지 아니면 품삯 없는 염전 일이 싫었는지 남동생 네 명과 노름꾼 아버지를 나에게 털썩 안겨주고 여기 우실에서 죽었다.

물속에 누군가의 머리가 보일락 말락 했다. 뭔가 느낌이 좋지 않았다. 자전거에 속도를 붙이자 바퀴가 찌그럭찌그럭 울었다. 자전거를 팽개치고 엉겁결에 바닷물로 헤엄쳐 들어갔다. 나를 본 그는 필사적으로 나에게 대롱대롱 매달렸다. 잘못하다가는 둘 다 죽을 판이었다. 그의 곱슬한 긴 머리카락을 움켜잡고 질질 끌고 나왔다. 벌써 올챙이처럼 배가 볼록했다. 피부도 푸르딩딩하게 변해가고 있었다. 입술도 새파랗다. 책에서 본 대로 인공호흡을 했다. 서툰 솜씨였지만 필사적으로 했다.

살려달라고 기도했다. 기도라는 것을 그날 처음 해보았다. 엄마 죽었을 때도 기도를 안 했다. 너무 화가 났기 때문이었다. 죽을힘이 있다면 그 힘으로 살아야 한다고 생각했다. 얼마 후에 입에서 분수처럼 물이 쏟아져 나오며 호흡이 터져 나왔다. 내 기도를 들어주어 감사하다는 말이 저절로 나왔다. 죽음은 모르는 사람이라도 싫었다. 농활 온 대학생이었다. K는 해변의 풍광에 끌려 혼자 땡땡이치다가 사고가 났다. 염전 일이 너무 힘들다는 말도 했다. 수영할 줄 모른다고 했다.

그때 이후로 그와 자주 섬을 누볐다. 명분은 섬 탐방 안내였다. 그가 앞에서 페달을 밟고 내가 뒤에 앉아 그의 허리를 잡았다. 낡은 자전거는 요란스럽게 삐거덕거렸지만 내 심장 소리보다는 약했다. 북쪽 해변부터 서쪽에 있는 저수지를 지나 산 중턱을 굽이굽이 누볐다. 교대의 등록금이 작다는 것도 그를 통해 알았다. 집에서 돈 한 푼 받지 않아도 대학에 다닐 방법까지 가르쳐주었다. 졸업하자마자 선생으로 부임하면 가정형편도 풀릴 것이라는 말에 부쩍 용기가 났다.

남편은 아버지가 오랫동안 일했던 염전의 주인 아들이었다. 섬에서 제일 부자라고 아버지는 마치 넓은 염전이 자기 것인 양 자랑했다. 동쪽 해안으로 길게 이어진 염전 대부분을 곧 주인 아들이 물려받을 거라고 했다. 주인 아들의 마음을 알아챘던 모양이었다. 아버지는 기력이 점점 쇠해서 막노동도 얼마 못할 거라는 말을 내 눈만 마주치면 숨 쉬듯이 말했다. 우리 형편에 여자가 대학에 다니는 일은 섬에 사는 개도 웃을 일이라는 말도 자주 했다.

분수에 맞지 않는 대학을 보낸 이유도 아버지를 대신해서 밑에 동생들 네 명의 학비며 집안을 꾸려가기 위해서라는 말도 하고 또 했다. 특히 술을 많이 마신 날은 저녁부터 새벽이 올 때까지 한 이야기를 또 하고 또 하고는 한숨도 자지 않고 일을 나가곤 했다. 그런 형편에 K를 따라 미국에 가겠다고 말할 수가 없었다. 여름 내내 염전에서 소금을 만드는 날품을 팔다가 겨울에는 노름방을 전전하는 홀아비의 맏딸에게는 절대로 넘을 수 없는 벽이었다.

목포에 있는 모래성에서 K를 만났다. 여름방학을 맞아 카페에서 아르바이트하고 있었는데 그가 수소문 끝에 나를 찾아왔다. 그도 방학 중이라 잠시 귀국했었다. 3년 만에 만났지만 어제 만나고 헤어진 듯 어색하지 않았다. 그는 홍도로 함께 다녀오자고 했다. 막배로 나오면 되니까 걱정할 필요 없다는 말도 했다. 머릿속으로 빠르게 굴려보아도 지금 출발한다고 해도 막배를 타자면 홍도에 발이 닿자마자 곧바로 그 배를 타고 나와야 할 시간밖에 안 되었다.

어쩌면 그와 마지막이 될 수 있겠다는 예감에 조갈증 걸린 듯

서두르고 싶지 않았다. 다음날 첫배로 들어갔다가 막배로 나오자고 했다. 무엇보다도 대타를 구해놓지 않으면 카페에서 한 걸음도 움직일 수 없었다. 다른 아르바이트생에게 미리 부탁해놓으면 내일은 괜찮을 거라고 했다. 그는 영 아쉬운 얼굴이었지만 홍도에 처음 가본다는 내 말에 눈을 크게 떴다. 믿지 못하겠다는 얼굴이었다. 그럼, 시간 여유를 두고 천천히 몽돌해변에서 발도 한번 담그고 깃대봉에도 올라가보자고 했다.

다음날 첫배를 위해 카페 쪽방에서 일찍 잠자리에 들었지만 너무 설레어 잠이 오지 않았다. 가슴이 두근거려 잠을 잘 수가 없었다. 새벽쯤에 잠깐 잠이 들었다. 풋잠이었는데 꿈속에서 아버지를 만났다. 아버지가 막 야단을 쳤다. 꿈에서 깨어나도 너무나도 생생해 꼭 옆에서 야단을 치는 것 같았다. 무엇 때문에 야단맞는 줄 몰랐지만 두 무릎을 착 꿇고 눈물을 철철 흘리면서 손을 비벼가며 용서해달라고 빌었다. 여객터미널로 나가지 말아야 할 듯싶었다. 여객터미널로 나가 그와 홍도로 떠난다면 큰일이 날 것만 같은 신의 계시 같았다. 무엇보다도 꿈속이든 생시든 아버지의 말을 거역할 배짱이 없었다. 여객터미널 대신 광주 가는 첫 버스에 올랐다.

그로부터 한 달 후에 아버지가 위독하다는 소식을 자취방 주인 아주머니한테서 들었다. 학교에 간 사이에 전화가 왔었다고 했다. 마지막 학기가 막 시작할 무렵이었다. 그해 칠십 년 만에 처음 온 무더위 속에서 무리하게 일을 하다가 병이 났다고 지레

짐작했다. 아침 일찍 출발했지만 저녁 어스름에 집에 도착했다. 방 안에 누워 있어야 할 아버지 대신에 남동생이 기다리고 있었다. 아버지가 소금창고에서 기다린다고 했다. 아픈 아버지가 일은 왜 하냐고 이제 중학교 일학년 막냇동생에게 화를 냈다. 동생은 내 말이 이해되지 않는지 멀뚱히 바라보기만 했다.

어둠이 섬을 먹물 속으로 풍덩 빠트린 것만 같았지만 아버지를 거역할 수가 없었다. 위독하지 않다는 말에 안심이 되자 곧바로 짜증이 밀려왔다. 조금 의아하긴 했다. 소금창고 찾아가는 일은 눈을 감고도 훤한 길이었지만 불빛 한 점 없어 조금 허둥거렸다. 넓은 염전 사이로 뜬금없이 불쑥 솟아오른 바위산이 내 가슴을 누르는 것만 같았다. 거기에 아버지는 없었다. 소금만 그득하게 쌓여 있었다. 질척거리는 소금물을 밟아 불쾌했다.

그때 소금무덤이 불쑥 움직이더니 누군가가 튀어나왔다. 소금물에 버린 발을 손수건으로 닦고 있는 나를 뒤에서 껴안았다. 벌거벗은 남자였다. 덩치가 산처럼 커서 이길 수가 없었다. 남자의 팔뚝을 힘껏 깨물었다. 댓바람에 얼굴로 주먹이 날아왔다. 얼굴이 찢어지면서 피가 흘렀지만 주먹세례는 멈추지 않았다. 얼마 후 소금과 피가 범벅인 내 몸을 끌고 창고에서 나오자 뜻밖에도 창고 밖에는 아버지가 담배를 피우며 서 있었다. 아버지는 내 시선을 피하면서 등을 돌려대고 앉았다. 업히고 싶지 않았지만 한 발자국도 걸을 수가 없어서 그것보다도 또 소금창고로 끌려갈까봐 아버지 등에 업혔다.

아버지는 나를 가뿐하게 업고 염전 둑길을 걸었다. 술 냄새가 진동했다. 아버지를 미워하라는 말도 했다. 돈이 웬수라고 했다. 장기매매꾼에게 팔려갈 뻔했는데 그놈이 구해주었다고 했다. 또 노름했던 모양이었다. 그 값으로 나를 한번만 만나게 해주면 된다고 해서 아무 의심을 하지 않았는데 흉악한 놈이라고 욕했다. 대파를 들고 그놈의 머리통을 박살내고 싶었지만 그렇게 되면 아버지는 감옥에 갇힐 거라고 했다. 나는 소문이 나 앞으로 선생도 못하게 될 것이고 딸린 내 동생들은 상거지가 될 것 같아 참았다고 했다. 아버지가 훌쩍훌쩍 우는 소리를 등에 업힌 채 듣고 있는데 뜬금없이 엄마 생각이 났다.

엄마가 죽은 후에 한동안 우리는 윤이 잘잘 흐르는 쌀밥에 조기구이를 먹었다. 철없는 동생들은 처음 먹어본 쌀밥에 소고깃국과 조기구이에 눈이 둥그레져서 엄마를 금방 잊어버렸다. 끼니 걱정을 덜게 된 나는 엄마가 저승에서 도와주는 것만 같아 우실을 자주 찾아가 우실이 엄마인 양 절을 했었다. 아버지는 엄마 무덤도 만들지 않았다.

우리 집이 똥구멍이 찢어지도록 가난할 수밖에 없는 이유가 바로 노름 때문이었다. 아버지는 봄부터 가을까지 염전에서 품을 팔아서 겨울에 노름으로 다 해먹고는 섬초밭으로 가 또 품을 팔아가며 근근이 먹고 살았다. 그런데 이번에는 딸을 팔지 않고는 해결이 안 될 정도로 크게 노름했던 모양이라고 짐작했다. 이따금 그날 목포여객터미널로 나가지 않았던 것을 후회했지만 그런 일이 있고 난 뒤에는 후회하는 자체가 사치였다.

편지에 그날 나가지 못한 이유를 썼다. 꿈 얘기였다. 꿈에 아버지에게 야단을 맞고는 여객터미널 대신에 광주로 왔다고 했다. 그리고 아버지가 하라는 결혼도 했다고 했다. 결혼하니 아버지보다 더 무서운 남편이 있었지만 그의 비위만 잘 맞추면 사는 것은 풍족하다는 말도 썼다. 지금 생각해보면 남편이 부자가 아니었다면 그런 일이 있었다고 해도 결혼은 하지 않았을 거라는 말도 했다. 그러니까 나를 너무 바보로 보지 말아달라고 했다. 단순한 남편이라 비위 맞추는 것은 마음먹기에 달렸다고 했다. 남편이 싫어하는 일만 안 하면 된다고 했다. 남편이 육지에 나가는 것을 죽기보다 싫어해서 교사도 곧 그만두어야 한다는 말도 썼다.

언제는 내 삶에서 그것이 유일한 호사일 때가 있었지만 착각이었다는 말도 썼다. 온 섬마을 사람들이 다 아는 이야기도 비밀인 것처럼 썼다. 부끄러워 죽고 싶다는 말도 썼다. 구출해달라는 말도 썼다. 섬에서 나갈 방법은 그것밖에 없다는 말도 썼다. 편지를 다 쓰고 난 후에 착착 접어 봉투에 넣었다. 발신자는 있어도 수신자는 없는 편지였다. 아이들이 주소를 쓰지 않았다고 들고 왔다. 엉겁결에 주소를 썼다. 어쩌면 아이들에게 마지막으로 무게를 잡고 싶었는지도 몰랐다.

나보다 키가 더 큰 육학년 아이의 귀에도 내 이야기가 들어가지 않았다고 누가 보장할까. 그 아이 눈앞에서 내가 영어로 멋지게 주소를 써보인다면 아이도 나를 그리 한심하게는 보지 않을 것만 같았다. 한번도 잊어본 적이 없는 주소다. 그것이 배달되지 않도록 빌었다. 하긴 걱정도 팔자라는 생각도 했다. 언제 적 주소인데. 필라델피아에 아직 살고 있을 리가 있겠는가. 더군다나 한국도 아니고 미국까지 배달할 리가 없을 거라는 확신에 마음이 놓였다.

한 달 가까이 학교에 나가지 않자 친구들이 집으로 찾아왔다. 학교 편지함에 굴러다니는 편지도 들고 왔다. K는 평행선 이야기를 했다. 리비도 얘기도 썼다. 그날 유달산에 있었던 일을 에둘러서 말하는 것쯤은 알았다.

내일을 운운하면서 K를 보내고는 남은 근무 시간을 채우고 나자 그가 다시 찾아왔다. 도저히 잠을 잘 수가 없다며 가까운 곳에 가볍게 산책이나 하자고 했다. 유달산은 그래서 올라갔다. 그는 노령산맥의 마지막 봉우리이자 다도해로 이어지는 서남단의 땅끝에 자리한 산이라며 관광가이드처럼 설명했다.

열이레쯤의 달이 하늘에 떠 있었다. 달빛 아래로 개량종의 키 작은 해바라기밭이 넓게 펼쳐졌다. 해바라기밭 가에 원두막에는 대여섯 명의 남녀가 흘러간 가요를 틀어놓고 앉아 있었다. 해바라기밭 옆으로는 잘 정비된 산책길이 원만한 곡선을 그리며 길게 펼쳐졌고 그 옆으로는 뱀처럼 길게 바닷물이 들어왔다 나갔다 했다. 여객선터미널에는 몇 채의 선박이 정박해 있었다. 주차장에 서 있던 차량은 앞뒤로 불을 밝히며 꼬리를 물고 끝없이 나가 모롱이에서 이내 사라졌다. 모롱이는 평화로운 물속에 한 군데쯤 있는 소용돌이 같았다. 먹으면 절대 토해내지 않는 소용돌이였다.

바닷가로 길게 펼쳐진 다리는 파란 색이었다가 붉은 색이었다가 노란 색이었다가 이 모든 색을 합한 것 같은 색으로 시시각각으로 변했다. 다리 난간에는 조명 숫자만큼 거미줄이 쳐져 있었다. 어느 때보다 많은 거미줄을 보면 비가 올 것 같았다. 거미줄 한복판이던지 그 언저리 어디쯤 꼭 거미가 한 마리씩 붙어 있었다. 거미줄이 크게 펼쳐진 곳은 먹잇감을 기다리고 있는 거미도 컸다.

산책길 옆으로는 코스모스처럼 키가 크고 꽃잎도 꼭 그렇게 생겼지만 이파리는 그것과는 다른 주황색 황하코스모스가 흐드러지게 피었다. 군데군데 설치된 우윳빛 조명을 받아 꽃은 신비로운 빛을 발했다. 둥그렇게 둘러싼 검은 산이 하늘을 떠받치고 있는 듯싶었다. 밤의 산은 낮의 산보다 더 가까이 다가왔다. 커다랗게 입을 벌리고 삼킬 것만 같은 검은 위용을 떨쳤다. 적군이 노적봉을 거대한 군량미로 보았다면 아마 밤일 확률이 높을 것 같다고 그가 말했을 때 그리 썩 귀에 들어오지 않았다. 그를 쳐다보기에 급급해서 다른 것은 눈에 들어오지 않았다.

노적봉 맞은편으로 얼마큼 올라가면 시간을 알려주는 오포대가 전시되어 있었다. 시계가 없는 주민을 위해 정오가 되면 포를 쏘았고 그 소리를 들은 사람들은 허둥지둥 밥을 먹을 거라는 말에 뜬금없이 아버지가 생각났다. 내려오다가 민망하게 생긴 팽나무가 눈에 띄었다. 여자가 벌거벗고 물구나무를 서 있는 듯한 나무였는데 보려고 했던 것은 아니지만 보게 되자 우린 서로 얼굴을 붉혔다. 나는 내 마음을 들킨 것 같아 얼굴을 붉혔겠지만 그는 무슨 상상을 하면서 얼굴을 붉혔을까. 그의 손이 내 손에 슬쩍 닿았지만 피하고 싶지 않아 가만히 있었던 것도 그런 맥락이었을까. 내친김에 살짝 포옹도 했고 키스도 했다. 처음이었다. 곰솔과 왕자귀나무와 신갈나무와 굴참나무가 사시나무 떨듯 떨고 있는 우리를 숨겨주었다.

  아버지는 여자의 몸은 배 지나간 자리와 같다고 했다. 죽게 된 아버지를 구하지 않았냐고 했다. 다행이라면 그놈이 결혼까지 해달라는데 그렇게 되면 아버지나 네 동생들 팔자가 확 핀다고 했다. 아버지도 더는 수리차를 돌리지 않아도 된다고 했다. 아픈 데가 많아 수리차를 돌릴 수도 없다고 했다. 바리데기를 생각해보면 그까짓 것은 일도 아니라고 했다. 우리에게는 호박이 넝쿨째 굴러온 행운이라고 했다. 이런 행운도 아버지가 그놈이 자기 재산 아까운 줄 모를 정도로 나를 잘 만들어놓았기 때문이라고 했다. 다른 방법은 없었다. 내가 한 푼도 쓰지 않고 평생 교사생활해도 갚을 수가 없는 빚을 아버지는 노름으로 지고 있었다. 한 가지만 조건으로 내걸었다. 그놈은 마지못해 고개를 끄덕였다.

  왜 알아보지 못했을까. 날마다 검색을 해보았지만 K는 없었다. 다른 K는 많았지만 K는 아니었다. 처음에는 필라델피아에서 아예 눌러살고 있을 거로 생각했다. 하지만 SNS가 거리를 따질 리는 없어 죽었다고 생각했다. 그래 맞다. 죽었다고 생각했기에 학생들이 가져온 봉투에 그 주소를 쓸 수가 있었다. 그것은 내 몸의 문신과 같아 절대로 잊어버릴 수가 없어 본능처럼 술술 흘러나왔다.

소금창고 문을 펄떡 열고 나오자마자 그와 눈이 마주쳤다. 익숙한 눈빛이었다. 꿈속에서도 잊어본 적이 없던 눈빛을 밝은 낮에는 왜 못 알아봤을까. 깊게 눌러쓴 벙거지 때문일까. 알아보지 못해 얼마나 섭섭했을까.

편지를 받았나보았다. 학생들이 원하는 날짜를 물어 삼 년 뒤 하고 했었지. 슬로시티 우체통은 신용이 있었다. 이제 어쩌지? 하필이면 제일 숨기고 싶은 일을 들켰으니 죽어야겠다는 생각이 들었다. 죽어 있었던 자존심이 꿈틀꿈틀 살아났다. 선착장으로 뛰어갔다. 바위산이 나를 가로막을 듯이 눈앞에 불쑥 솟았다. 넓게 펼쳐진 염전 사이로 불쑥 솟은 통바위 산은 뜬금없다. 그것은 날마다 거기에 서 있었지만 날마다 잊어버려 매번 깜짝깜짝 놀랐다.

뛰어가면 목포로 가는 막배를 잡아탈 수도 있을까. 몸이 쓰라렸지만 상관없었다. 남편은 소금창고에서 아침까지 늘어지게 잘 것이다. 참 독특한 취향이었다. 어렸을 때 사고를 당한 충격으로 얻은 병이라고 했다. K가 '은순아' 하고 부를 것만 같아 마음이 조급했다. 염전 사이에 있는 뜬금없는 바위산이 이런 내 꼴을 검게 바라보고 있었다.

　그러자 하고 그리했던 일은 아니었다. 그냥 한마디로 팔자였다고 생각하면 마음이 편한 일이었을까. 팔자였기에 아무리 애쓰고 에둘러도 소용없다고 말하면 이해받을 일이었을까. 그렇지만 그 사람은 과연 K였을까. 내가 오매불망 보고파했던 그가 맞을까. 그가 나를 찾아 정말 왔을까.

제천

## 제천

 싸리나무 울타리 사이로 정태네 대청마루가 한눈에 들어왔다. 정태 집과 우리 집은 똑같은 일자형 구조였다. 대청마루를 중심으로 안방과 건넛방이 있고 안방 옆으로 부엌이 곁방살이처럼 조그맣게 붙었다. 두 개의 방도 조그마한 반닫이 하나 들여앉히면 이부자리 한 채 겨우 펼칠 정도로 좁지만 마당은 가을철에 추수한 콩을 털 수 있을 만큼 넓었다. 추운 겨울을 대비해 일부러 방을 좁게 꾸미고 지붕도 낮게 만들었다.
 겨울이 일 년의 반을 차지하는 고장이었다. 마당 귀퉁이에는 맨드라미와 백일홍이 붉게 피었고 샛노란 해바라기는 싸리나무 울타리 너머로 세숫대야만 한 얼굴을 들이밀고 마루에 앉아 있는 나를 물끄러미 내려다보고 있었다. 우리는 한참 동안 마주 보고 가만히 있었다. 무엇인가 서로 할 말이 있는 듯했지만 말을 하지는 않았다. 해바라기를 칭칭 감고 있는 보라색과 자주색 나팔꽃도 아직 입을 오므리지 않았다.
 그 옆 싸리나무 울타리에도 간밤부터 보라색과 하얀 색으로 활짝 피어 나팔꽃 울타리를 만들었다. 이제 곧 햇볕이 짙어지면 나팔꽃은 입을 꼭 다물고 시치미를 떼겠지. 울타리 밑으로는 보라색과 하얀 도라지꽃이 만발했고 그 옆에는 강낭콩이 몽탕한 키를 자랑하며 주렁주렁 열렸다. 그 옆으로는 새빨갛고 샛노랗고 하얀 옥수수염이 파도처럼 일렁였다.

　마침내 건넛방 문이 열리면서 정태의 머리통이 보였다. 밤색 트레이닝 한 벌을 입고 책가방을 둘러맸다. 정태는 검정 고무신을 한 짝씩 들고 댓돌에 탁탁 쳤다. 하긴 밤새도록 친구의 고무신은 바빴다. 밤새도록 달빛이 들어앉아 있자 지나가던 바람도 잠깐 들어와 쉬었다. 때 이른 귀뚜라미도 호기심을 이기지 못해 폴짝 뛰어들었다가 금방 팔짝 뛰어나가자 맨드라미 밑에 숨어 있던 지렁이도 꾸불텅꾸불텅 온 힘을 다해 기어와 고무신 안으로 들어왔다.

　정태는 이런 사실을 다 알고 있다는 듯이 댓돌에 탁탁 치는 손길이 의젓했다. 그의 어머니가 부엌에서 나왔다. 손에는 예쁜 꽃무늬 보자기로 싼 도시락이 들렸다. 매번 이 순간이면 나도 모르게 침이 꼴깍 넘어갔다. 친구는 어머니 앞에 등을 돌렸다, 어머니는 익숙하게 책가방의 지퍼를 열고 도시락을 넣었다. 그러고는 언제나 잊지 않고 친구의 엉덩이를 톡톡 두들겨주었다. 친구는 매번 어머니의 그런 행동이 마음에 들지 않는지 입을 뾰족하게 내밀었다. 쏜살같이 맨드라미가 벌겋게 피어 있는 마당을 가로질러 싸리나무 대문을 나섰다. 어머니는 정태의 모습이 눈앞에서 사라질 때까지 마당에 서서 바라보고 있었다.

　아침마다 벌어지는 풍경이었다. 나도 친구 어머니의 시선을 쫓았다. 보라색과 흰 색으로 흐드러지게 피어 있는 도라지밭 가운데로 난 길을 따라 뛰어갔고 길가로 몽탕한 키를 자랑하며 주렁주렁 열린 강낭콩밭을 지나쳤다. 어떤 놈은 새빨갛고 어떤 놈은 샛노랗고 어떤 놈은 하얀 수염이 달린 키 큰 옥수수밭도 지나치면 이윽고 아름드리 느티나무가 우뚝 서서 길을 막고 있다. 거기까지는 길이 젓가락처럼 일직선이라 친구의 모습은 눈을 감고도 보이듯 상상이 갔다.

  어른 다섯 명이 양팔을 활짝 벌려야 안아볼 수 있는 느티나무는 직선의 길을 곡선으로 바꾸었다. 정태의 모습은 느티나무 옆에서 사라졌다. 느티나무가 친구를 삼킨 것 같아 눈을 끔벅여보기도 했다. 그때까지 마당에 서서 친구를 지켜보고 있던 어머니가 종종걸음으로 부엌으로 들어갔다.

  나도 이제 일어나야 했다. 손에는 시퍼렇게 번쩍이는 낫이 들려 있었다. 아니나 다를까 방에서 사기그릇 깨지는 듯한 새된 소리가 들려왔다. 벌써 한 짐 해와도 해올 시간에 아직도 저렇게 꾸물거리고 있다는 소리다. 뒷말은 안 들어도 다 아는 늘 똑같은 소리다. 조금 더 꿈지럭거렸다가는 오늘 아침도 못 먹을 것이다. 반찬도 없이 꽁보리밥에 된장 한 숟가락이 전부겠지만 굶으면 나만 손해이기에 재바르게 몸을 움직였다. 먹는 게 남는 거라는 진리를 나보다 더 절절하게 아는 친구는 아마 없을 것이다.

  맨드라미가 소 피처럼 개락으로 피어 있는 옆에는 꼴을 잔뜩 짊어진 지게가 지겟작대기에 받쳐져 있었다. 지게를 다시 지고 외양간 옆으로 갔다. 정태 집과 다른 점이 있다면 뒤란에 있는 외양간이다. 친구네 집에는 외양간 대신에 자두나무와 복숭아나무와 사과나무가 열매를 주렁주렁 매달았다. 외양간이 들어서기 전에는 우리 집도 자두나무와 복숭아나무와 사과나무가 봄이면 하얗고 분홍빛으로 꽃을 피웠고 여름에는 달콤한 과일을 주렁주렁 매달았다. 엄마가 살아 있을 때까지의 일이었다. 엄마가 죽자 나무도 베어졌다. 대신에 커다란 외양간이 들어섰고 밤새도록 소들이 울고 난리다. 소똥도 철썩철썩 많이 쌌다.

정태는 우리 집 소가 다른 집 소보다 많이 우는 이유를 알고 있다고 했다. 나도 짐작하고 있었지만 짐짓 모른 척하고 이유를 물어봤다. 친구는 소는 영물이라서 자기가 죽는 날을 알기 때문이라고 했다. 그래서 슬퍼서 잠도 자지 않고 운다고 했다. 다른 집 소들은 천년만년 사느냐고 내가 어깃장을 놓았다. 친구는 내 심술에는 관심 없다는 듯이 너들 집 소는 다른 집 소들보다 목숨이 엄청 짧기 때문이라고 잇새로 비웃는 듯이 내뱉었다. 이 부분에서는 자기도 일정 부분 감당을 해놓고는 늘 이런 식으로 나를 골탕 먹였다. 하긴 친구의 말이 틀리지는 않았다.

우리 집 외양간으로 들어 온 소는 열흘을 넘기는 소가 별로 없었다. 내가 다 잡기 때문이었다. 내가 다 잡으면서도 잡을 때까지 꼴을 먹이는 것도 내 당번이었다. 계모의 목적은 잡기 전에 살을 조금이라도 더 포동포동 찌워야 했지만 나는 조금 인간적인 목적 때문에 꼴을 부지런히 해날랐다. 살아 있을 때 조금이라도 맛있는 것을 많이 먹여서 내 잘못을 빌고 싶었다.

어쩌면 외양간 때문에 내가 학교에 다니지 못하는지도 모르겠다. 엄마가 죽고 계모가 들어왔기 때문에 학교를 그만두었다고 생각했다. 계모가 들어오면서 봄부터 가을까지는 농사를 짓고 겨울에는 노름방을 전전하던 아버지가 정육점을 차렸기 때문이었다. 계모는 아버지와 결혼 조건을 정육점을 차리자는 것이었다. 제춘에서 계모의 전남편과 정육점을 하다가 이혼했기에 정육점을 잘 아는 것도 한몫했다. 계모는 세상의 돈이란 돈은 정육점에 있다고 믿었다. 그런데 문제는 정육점을 차리자면 자금이 필요했다. 아버지는 계모와 결혼하기 위해 조상 대대로 내려왔던 땅을 몽땅 팔았다.

땅을 몽땅 팔던 날 아버지는 늦도록 술을 마시고 한밤중에 집으로 들어왔다. 계모가 잠들어 있는 안방을 뒤로 하고 마루를 가로질러 건넛방으로 들어왔다. 그때까지 잠들지 않았지만 잠든 척했다. 계모가 들어오고부터 아버지가 낯설었다. 아버지는 방에 들어와서 가만히 서 있었다. 내가 안 보일 리 없었다. 보름달이 문창호지로 훤하게 비춰 들어 불이 필요 없는 방안이었다.

아버지는 내가 덮고 있는 이불을 살며시 걷고 나를 가만히 끌어안았다. 내 얼굴을 비비기도 했다. 수염이 거칠어서 따가웠지만 자는 척 누워 있어야 했기에 꾹 참았다. 시큼털털한 막걸리 냄새는 도저히 참을 수가 없어서 잠결인 척 얼굴을 돌리려다가 멈칫했다. 뜨거운 물이 내 얼굴을 타고 흘렀다. 옆방에 있는 계모를 의식해서인지 울음소리를 내지 않고도 아버지는 울었다. 대대로 내려온 땅을 지키지 못해 조상님 뵐 면목이 없다고 낮게 중얼거렸다. 나에게 미안하다고 했다. 아버지를 용서하지 말라고 했다.

왜 미안한지 알 수가 없었고 용서하지 말라는 말도 이해가 되지 않았지만 아버지의 눈물을 멈출 수만 있다면 이것보다 더 혼란스러워도 얼마든지 고개를 끄덕일 수가 있었다. 내가 고개를 힘차게 끄덕이자 아버지가 흠칫 놀라는 눈치였다. 얼른 이불을 덮어주고 방을 살그머니 빠져나갔다. 옆방에서 계모의 새된 소리가 흘러나오지 않았다면 내가 꿈꾸었다고 착각이 들 정도였다. 그런데 꿈보다 더 허무했던 이 일이 때때로 나에게 큰 힘으로 돌아왔다. 그때 이미 아버지는 내 앞날을 알고 있었던 것은 아니었을까.

모든 재산을 계모에게 다 바쳤다는 것은 아버지의 색깔을 잃어버린 것과 마찬가지였다. 아버지는 더는 밭에 나가 농사를 지을 수가 없었다. 당연히 그것보다 천 배는 더 좋아했던 농번기에 노름방을 전전할 수가 없었다. 그렇게 되자 내가 보기에도 아버지는 뿔 잡힌 동물처럼 힘이 하나도 없었다. 아버지는 이제 농사보다 더 힘센 일을 하는데도 불쌍해 보였다. 그 일이 폭력적이라서만 아니었다. 농사지을 때보다 돈도 훨씬 많이 전대에 넣고 오일장을 다녔지만 아버지는 그 일을 농사나 노름방을 전전하면서 노름하는 것보다 즐거워하지 않았다.

아버지는 두툼한 전대를 차고 일주일에 한 번씩 우시장으로 소를 사러 다녔다. 이따금 트럭 가득 돼지를 실어오기도 했다. 소나 돼지를 사러가지 않는 날에는 소나 돼지를 잡는 날이었다. 외양간 옆에는 당연히 밤낮으로 꿀꿀거리는 돼지우리도 있었고 그 옆에는 그것들을 도살시키기 위한 낡은 창고가 있었다. 창고 안에는 소나 돼지를 잡기 위한 온갖 도구가 공포영화의 세트장처럼 널려 있었다. 나는 이 창고가 정말 싫었다. 언제나 피비린내가 떠돌아 어지럼증과 구토가 잔불처럼 일렁거렸다.

아무리 깨끗이 물청소해도 시멘트 바닥에는 핏자국이 문신처럼 새겨졌고 이 구석 저 구석에는 동물의 털들이 털실 뭉치처럼 뭉쳐 굴러다녔다. 들통에는 날마다 동물 피가 뭉클뭉클 담겨 있었다. 언제나 그랬다. 아버지가 소나 돼지를 사오면 바로 그날 잡지 않고 외양간과 돼지우리에 넣어두었다. 그러면 내가 그것들을 모두 관리해야 했다. 내 나이 고작 열두 살에 이것들을 배불리 먹이기 위해서는 꼭두새벽부터 일어나서 들판이나 개울가에서 신선하고 부드러운 어린 풀을 바소쿠리에 한 짐 해와야 아침을 먹을 수가 있었다.

어쩌다 일어나기 싫어 게으름을 피웠다가는 계모에게 지겟작대기로 얻어맞았다. 물론 옵션으로 아침밥 없는 것은 당연했고. 그럴 때는 정태의 도시락을 상상하면서 배고픔을 달래곤 했다. 친구의 도시락에는 하얀 쌀밥에 달걀부침이 얹혀 있고 멸치볶음과 소시지부침이 반찬으로 들어 있을 것 같았다. 엄마가 살아 있을 때 내 생일날이면 꼭 먹었던 반찬들이었다.

외양간에는 언제나 서너 마리의 소가 콧김을 뿜어대며 신선한 꼴을 기다리고 있었다. 그놈들에게 구유 가득 꼴을 넣어주고 나면 바로 옆에 있는 돼지들이 난리가 났다. 아마 굶어 죽은 조상의 유전자가 있는 모양이다. 창고 옆에는 화덕이 있고 커다란 솥이 걸려 있었다. 솥에서는 돼지죽이 뽀글뽀글 끓고 있었다. 그것을 양동이에 퍼 담아두었다. 열댓 마리의 돼지들이 아무리 배고프다고 아우성을 쳐도 식어야 줄 수 있다. 바닥이 드러난 잔반통을 보자 나도 모르게 한숨이 나왔다.

아침 먹고 시장통으로 또 가야 했다. 식당으로 돌아다니며 잔반을 걷어와야 할 것이다. 이것들을 오늘 잡는다고 해도 배부르게 먹이고 잡아야 한다는 것이 내 생각이었다. 물론 아버지 생각이기도 했다. 그래서 고작 국민학교 4학년밖에 안 되었지만 학교에 갈 시간이 없었다. 늦게라도 가면 되지? 그것은 나를 정말 모르는 사람들의 말이다. 손수레에 잔반이 한가득 담긴 들통을 싣고 집으로 끌고 오다보면 느티나무 앞에서 아버지의 트럭을 만날 때가 많았다. 새벽에 우시장에 갔던 아버지가 소를 사서 오는 길이다. 나는 본능적으로 트럭의 적재함을 흘낏거렸다. 이번에는 암소가 한 마리만 묶여 있었다.

아버지는 언제나 나보고 앞서라고 했다. 나는 아버지가 앞서면 편했지만 트럭 바퀴가 느티나무 가지에 꽁꽁 묶였는지 움직이지 않았다. 들통이 실린 손수레를 끌고 트럭을 앞섰다. 아무리 조심한다고 해도 들통에 담긴 잔밥은 바닥으로 찔끔 출렁 흘러

넘쳤다. 그럴 때마다 조금 부끄러웠다. 아버지 앞에서는 잘해내고 싶었다. 그러면서도 뭔가가 따뜻한 느낌도 들었다. 보호를 받는다는 느낌이었다. 비록 학교도 다닐 수 없게 되었지만 아버지는 내 편이란 생각이 살짝 들 때도 느티나무 아래에서 집 뒤에 있는 외양간까지 거리였다.

　손수레 한 대 겨우 들어오는 좁은 길을 운전도 서툰 아버지가 트럭을 끌고 들어오자면 길가에 피어 있는 맨드라미 꽃대를 부러뜨리고 그 안으로 울타리처럼 자라고 있는 옥수수대도 부러뜨려야만 했다. 어떤 날은 감자밭도 바퀴 한 개만큼 침범해서 감자를 터트렸지만 감자밭 주인은 싫은 내색은 하지 못했다. 아버지가 이따금 금방 도축한 김이 무럭무럭 나오는 선지라든가 내장, 간, 콩팥을 양푼에 담아 보냈다. 외양간 기둥에다 소를 들여다 매고 아침에 베어온 싱싱한 꼴을 구유 가득 담아주었다. 소는 꼴에는 관심이 없고 자꾸 울기만 했다. 자기의 운명을 알기 때문이겠지.

　창고 옆 화덕에는 김을 풀풀 풍기며 물이 끓고 있었다. 돼지죽을 끓여내고 가마솥 가득 올려놓은 물이었다. 아버지는 끓는 물을 흘깃 바라보고 창고 안으로 들어갔다. 날이 시퍼런 식칼을 들고 예리한 장인처럼 한쪽 눈을 감고 날을 점검했다. 도끼날도 그런 식으로 점검하더니 만족스럽다는 듯이 고개를 끄덕였다. 이럴 때 보면 아버지는 숙련된 백정 같았다. 어젯밤에 내가 그렇게 만들어놓았다. 아버지는 벽에 걸려 있는 밧줄을 눈짓했다. 나는 이게 제일 싫었다. 아버지도 그럴 것 같았다. 매번 나에게 시키는 것을 보면 알조다. 하지만 우리 부자는 그것을 절대로 입 밖으로 내지 않았다. 엄숙한 제의 앞에서 괜한 입방정은 일을 망칠 수 있다고 암묵적으로 생각하는 모양이었다.

밧줄은 뱀처럼 사특하고 섬뜩했다. 그렇게 생각이 들자 꼭 꿈틀거리는 뱀을 잡는 기분이다. 차가운 느낌도 들었다. 하지만 꼭 필요한 도구였다. 아버지는 또다시 눈짓했다. 밧줄을 들고 따라오라는 몸짓이다. 오늘은 어떤 소일지 궁금하다. 매번 궁금했다. 짧게는 일주일, 길게는 한 달이나 꼴을 베어주고 여물을 먹여 키웠던 소라 정이 들었다. 짐작대로 여물을 달게 먹지 않은 암소가 당첨되었다. 아버지는 한번도 여물을 줘본 적이 없으면서 어떻게 알았을까. 암소는 뒷다리를 바닥에 힘차게 꽂고 있는 힘껏 버텼다. 어떤 소는 아버지가 고삐를 쥐고 잡아당기자마자 마치 이럴 줄 알았다는 듯이 체념하고 순순히 끌려 나왔다. 힘껏 버티는 소나 순순히 끌려 나오는 소나 커다란 눈에는 눈물이 그렁그렁했다. 소는 창고 앞에서 다시 버텨보았지만 곧 포기하고 끌려 들어갔다.

창고 안에는 커다란 소머리가 들어가면 꼼짝 못하게 하는 굵은 기둥이 양쪽으로 서 있었다. 아버지가 만들어놓았다. 소 단두대라고 불렀다. 그런데 소도 아는 모양인지 죽어라고 머리를 그쪽으로 들이밀지 않았다. 소는 죽어라고 머리를 들이밀지 않으려고 했고 아버지는 기어코 양 기둥 사이로 집어넣기 위해 필사적인 사투를 벌였다. 그사이에 나는 버티는 소 궁둥이를 밀기도 하고 어떤 날은 채찍을 들기도 했다. 채찍에는 소도 순해졌다. 소는 알고 있었다. 두 기둥 사이에 머리를 들이미는 순간 죽은 목숨이라고. 소는 필사적으로 외양간에서 나오지 않으려고 했고 외양간에서 끌려나온 놈은 옆에 우뚝 서 있는 창고를 보고는 기겁했다.

창고에 끌려들어간 놈은 두 기둥 사이로 머리를 들이밀지 않기 위해 마지막 남아 있는 힘까지 써가면서 저항했다. 하지만 인간의 간교한 계략 앞에서는 언제나 무릎을 꿇을 수밖에 달리 방법이 없었다. 그것이 처음부터 인간과 소와의 관계이다. 그렇지만 거기까지 도달하기 위해서는 아버지와 나도 죽을힘을 다해야 했다. 소는 죽지 않으려고 죽을힘을 다했고 우리는 소가 죽어야만 살 수 있기에 그러니까 소나 우리나 살기 위해 눈물을 흘렸고 땀을 흘렸다. 마침내 두 기둥 사이에 소머리를 끼우면 아버지는 그때까지 꼭 쥐고 있었던 소고삐를 나에게 넘겨주었다. 머리를 끼웠다고 방심하면 그것도 큰일이다.

언제 한번은 내가 방심하고 있는 순간에 소가 머리를 쑥 빼고 창고를 나가 앞마당을 돌아 싸리나무 울타리를 훌쩍 뛰어넘어 느티나무 쪽으로 전력 질주를 한 적이 있었다. 아버지가 뒤늦게 사태를 파악하고 트럭에 시동을 걸고 쫓아가 그놈 앞에 차로 막아서자 그제야 질주를 멈추었다. 우리는 소에게 통사정했다. 제발 집으로 돌아가자고 네가 죽어야 우리가 살 수 있다고. 소는 그때 다시 눈물을 흘렸던가. 아니면 삶을 통달한 도사처럼 말끔한 표정으로 트럭을 다시 탔던가. 길바닥에 파전만 한 검은 소똥을 철썩철썩 누자 소똥에서 김이 모락모락 났다. 폭포수처럼 요란한 오줌도 오랫동안 누고 트럭을 탔다.

　매번 아버지가 도끼를 들고 오는 짧은 시간이 백 시간보다 길게 느껴졌다. 도끼는 정확히 소의 안면 중앙을 내리쳤다. 소는 순식간에 주저앉았다. 아버지의 도끼가 가끔 빗나갈 때도 있었다. 당황한 아버지가 자꾸만 도끼질하자 피로 칠갑이 된 소가 울부짖고 창고 안은 폭탄 터진 것처럼 피가 낭자했다. 소가 처절하게 울부짖다가 죽어가는 장면은 보고 싶지 않았다.

　화덕에서 활활 타고 있는 장작 한 개를 빼와 아버지에게 건네자 옆에 있는 짚단에 불을 붙여서 소의 갈색 털을 태웠다. 높은 지붕과 벽만 있는 창고 안이 금세 연기와 털 타는 누린내로 진동했다. 소꼬리까지 꼼꼼하게 털을 그슬린 다음에는 창고 밖으로 나가 담배를 태웠다. 그사이에 나는 물 호스를 끌고 와서 까맣게 그슬린 소의 몸통을 깨끗이 씻겼다. 담배 한 대를 다 피운 아버지가 소에 올라타서 검게 그을린 털을 벗겨내기 시작했다. 나도 달려들어 같이 벗겼다. 소는 거대한 언덕처럼 넓었다. 다시 물로 씻어내자 수챗구멍으로 검은 물이 밤처럼 흘러내렸고 제대로 물 빠짐이 안 되어 있는 바닥은 검게 질척거렸다.

　처음에는 아버지가 건넨 가죽 앞치마와 장화를 거부했다. 내가 입기에는 너무 큰 것도 마음에 들지 않았지만 저걸 입으면 영원히 이 창고를 벗어날 수가 없을 것 같은 예감이 들었다. 아버지도 강요하지는 않았다. 그런데 이제는 아버지보다 내가 먼저 찾아 입었다. 장화 안은 벌써 땀으로 절벅절벅했다. 소뿔에 밧줄을 꽁꽁 매고 벽으로 끌고 갔다. 두 개의 커다란 못에 두 개의 밧줄을 매면 소는 벽에 기대고 서 있는 꼴이다. 커다란 양동이를 얼른 소 앞에 놓아두면 아버지는 소의 심장을 정확하게 쏘셨다. 양동이로 선지피가 쿨렁쿨렁 쏟아졌다. 김이 모락모락 났고 비린내가 진동했다.

새로운 구박을 들이밀자 복부를 칼로 금을 긋듯이 쭈욱 가르고 내장을 훑어내렸다. 하얀 내장, 빨간 내장이 구름처럼 쏟아져 내렸다. 한구석에 밀쳐두었다가 나중에 허파와 간을 분리하고 위와 내장을 분리했다. 위는 아버지가 입고 있는 가죽 앞치마만큼 넓었다. 대장의 오물을 제거하고 자르는 일도 처음에는 계모가 했었는데 이제는 내 담당이 되고 말았다. 죽은 소는 아직도 살아 있는 것처럼 근육이 꿈틀거렸다.

아버지는 소를 여섯 조각으로 각을 뜰 것이다. 먼저 앞다리 두 개를 각 뜨는 동안 나는 맞은편 다리를 잡아주었다. 쇠톱으로 마치 통나무를 자르듯이 슬근슬근 톱질했다. 군데군데 시퍼런 도끼로 내려치면 살점이 튀고 피가 튀어 우리 얼굴은 괴물이 따로 없었다. 뒷다리 두 개의 각을 뜨고 갈비를 들어내자 소는 머리와 등뼈와 꼬리만 남긴 채 그림자처럼 벽에 매달려 있었다. 마지막으로 머리를 또 슬근슬근 톱질하고 꼬리를 식칼로 툭툭 쳐내더니 아버지는 다시는 안 만질 것처럼 식칼을 내던지고 톱도 걸어

차면서 밖으로 나가버렸다. 이제 내가 내장을 분류하고 바닥을 청소하고 도구 정리할 일만 남았다.

　암만 생각해도 아버지는 소 잡는 데는 영 적성이 맞지 않는 모양이었다. 정육점이 바빠진 것도 한몫했다. 바빠진다는 것은 우시장에 더 자주 다녀야 했고 돼지도 자주 사들여야 했다. 그것보다는 소를 한방에 잘 죽이지 못했기 때문이다. 그 일은 내가 더 잘했다. 내가 실수하지 않자 처음에는 아버지가 그것만 나에게 시켰는데 이제는 모든 것을 나에게 맡겨버렸다. 대신 돈을 주었다. 소 한 마리 잡으면 만 원을 주었고 돼지는 천 원이었다. 내가 좋아하는 뽀빠이 과자 한 봉에 20원이었으니 엄청난 액수의 돈이었다. 물론 계모에게는 비밀로 하라는 단서가 붙었다.

　그깟 학교 다녀봤자 머리에 먹물만 들어갔지 살아가는 데는 전혀 도움이 되지 않는다고 했다. 점점 돈이 귀하게 대접받는 시대가 올 것이고 돈 많은 사람이 양반이 되는 세상이니 돈을 잘 모아 정육점을 차려 부자가 되라고 했다. 엄마가 살아 있었다면 상상도 못할 일이긴 하다고 덧붙이기도 했다. 아버지도 네 엄마가 살아 있었다면 노름방을 전전하면 했지 백정 노릇은 안 했을 거라고 한숨을 쉬기도 했다. 나는 선택해야 할 상황이 아니어서 가만히 있었다.

　문제가 없는 것도 아니었다. 다른 것은 다 혼자 할 수가 있는데 소를 두 기둥 사이에 넣어두고 고삐를 잡는 일은 도저히 혼자서 할 수가 없었다. 처음에는 아버지가 몇 번 고삐를 잡아주었는데 아버지가 없을 때가 많았다. 그럴 땐 옆집 친구 정태를 살살 꼬였다. 고삐만 잡아주면 과자를 실컷 사주겠다고 했다. 정태는 먹는 욕심이 많아 내가 제시한 미끼를 거절하지 못했다. 두 기둥 사이에 소머리를 집어넣는 일은 열세 살의 아이들에게는 힘에 부쳤다. 그래도 궁하면 통한다고 했던가. 아니면 우리가 애쓰는 것이 어차피 죽을 소의 눈에 불쌍하게 보였던지 순순히 머리를 들이밀곤 했다.

무엇보다 나는 한번도 실패한 적이 없었다. 도끼로 소의 양미간을 조금도 빗나가지 않고 정확하게 내리쳤다. 비결은 달리 없었다. 두 눈을 똑바로 뜨고 내리치면 빗나갈 이유가 없었다. 소머리는 두 기둥에 꽉 끼웠고 친구가 고삐를 틀어쥐고 있으니 소가 움직일 확률은 벼락 맞을 확률만큼도 없었다. 아버지가 자꾸 실패해서 소도 우리도 공포의 도가니로 몰아넣는 이유는 언제나 두 눈을 질끈 감고 도끼를 내리쳤기 때문이었다. 몇십 년을 소만 잡아본 숙련된 백정도 아닌데 아버지가 그렇게 하는 이유는 나보다 간보가 적기 때문이었다.

언제 한번 아버지가 술을 마시면서 한 말이 있었다. 소가 눈물을 철철 흘리고 있는데 너는 어째 그리 눈 한번 깜빡하지도 않고 내리칠 수가 있느냐고. 나보고 독사 새끼처럼 무서운 놈이라고 했다. 술이 머리 꼭대기까지 오른 날은 잔인한 놈이라고 욕도 했다. 그럴 땐 나도 뜨끔했다. 내 마음을 얼음 알처럼 들여다보는 것만 같았다. 그렇다면 아버지도 참 문제가 많은 사람이었다. 그럴 때만 내 마음이 보이고 내가 정태처럼 아침마다 도시락을 들고 학교에 가고 싶은 마음은 왜 못 본 척하는 것일까.

정태는 소가 폭 주저앉자 얼굴이 하얗게 질려 고삐를 내던지고 소처럼 주저앉았다. 그러다가 정신이 번쩍 들었는지 걸음아 나 살려라 하고 도망쳤지만 멀리도 못 달아났다. 우리 집 울타리 밑에 쪼그리고 앉아서 손바닥으로 연신 눈물을 닦아가며 울고 있었다. 나는 너무 바빠서 정태의 그런 꼴을 물끄러미 바라보기만 했지 다가가서 위로할 짬이 없었다. 빨리 소털을 그슬리고 털을 벗겨내고 피를 빼고 여섯 조각으로 각을 떠놓아야 했다.

계모가 오후 두 시에 고기를 가지러 오겠다고 아침에 선포했다. 그렇게 하지 않으면 나를 보육원으로 보내겠다고 했다. 계모는 이미 알고 있었다. 내가 제일 무서워하는 것은 밥을 굶는 것도 아니고 몽둥이찜질도 아닌 바로 보육원에 가는 것이라는 것을. 나도 알고 있었다. 계모에게 복수할 수 있는 유일한 길은 오후 2시까지 제대로 해놓아서 계모의 혀를 내두르게 하는 것이다. 나는 혼자서 오후 두 시 전에 고기 손질은 물론 창고까지 말끔히 청소하고 피투성이가 된 얼굴도 씻고 계모를 기다렸다. 계모 대신 다른 사람이 오자 실망이 컸다. 계모의 질린 얼굴이 보고 싶었을 뿐이었다.

그 사람이 자꾸만 혼자 소를 잡았냐고 물었지만 대답하지는 않았다. 대답의 필요성을 깨닫지 못했다. 다만 정태에게 미안했다. 그래서 오늘은 큰마음을 먹었다. 아버지에게 받은 만 원에서 반을 툭 잘라서 주자 정태는 내 손에 들려 있는 돈도 쳐다보고 내 얼굴도 쳐다봤다. 나는 어른처럼 씩 웃으면서 정태 바지 주머니에 돈을 찔러넣었다. 장거리에 있는 찐빵집까지 어깨동무하고 가서 찐빵을 한 접시 주문할 때까지도 정태의 얼굴은 혼란스러워 보였다. 김이 모락모락 나는 찐빵을 물끄러미 내려다보다가 하얀 설탕에 꾹 찍어 한입 크게 베어먹으면서 그때야 비시시 웃었다.

"야 너는 벌써 어른이라서 좋겠다."

누구에게는 부러울 수도 있다는 사실이 그때껏 목구멍 깊은 곳에 맴돌고 있던 피비린내가 싹 가시는 느낌이었다.

정태는 언제나 소고삐만 잡아주었다. 처음처럼 울타리 밑에 쪼그리고 앉아서 울지는 않았지만 매번 쏜살같이 창고에서 도망쳤다. 빨리 도망치지 않으면 죽은 소 귀신이 자기의 다리를 잡고 늘어진다고 했다. 상관은 없었다. 다른 것은 혼자서 얼마든지 할 수가 있었다. 돼지도 열 마리쯤 혼자 잡는 건 일도 아니었다. 정태가 중학교에 들어가자 시간이 맞지 않았다. 그럴 땐 혼자서 했다. 모든 것은 요령이었다. 머리를 쓰면 되는 일이었는데 아버지는 머리조차 쓰기 싫어했던 모양이다. 대신 수고비가 일만 원 늘었다.

정태가 고등학생이 되었다고 해도 부러워할 필요가 없다고 덧붙이기도 했다. 학교에 다니는 목적은 기술이나 자격증을 따서 돈을 잘 벌기 위함인데 너는 이미 좋은 기술이 있어 돈을 벌고 있지 않냐고 했다. 아버지가 공부해봐서 아는데 공부는 정말로 골 아프다고 덧붙였다. 참고로 아버지는 그 당시에 마을에 한두 명 있을까 말까 한 축산고등학교 출신이었다. 나도 이미 아버지 말을 곧이곧대로 들을 나이는 지났지만 듣는 척은 했다. 아버지가 내 눈을 쳐다보지 못하고 언제나 땅바닥이나 하늘이나 아니면 똥이 덕지덕지 묻어 있는 소 엉덩이를 쳐다보며 바람 한 자락 지나치듯 무심하게 말했기 때문이었다. 언제부턴가 계모에게 휘둘리는 아버지가 불쌍했다.

언제 한번 그날도 정태와 프라이드치킨을 앞에 두고 생맥주를 마시고 있었다. 담배도 피웠다. 아마 정태가 고등학교 다닐 무렵인 것 같았다. 나는 국민학교 그만두고 얼마 안 있어 담배를 피우기 시작했지만 그는 고등학생이 되고 피우기 시작했으니까. 소를 잡고 나서 담배 한 모금은 나에게 생명수와 같았다. 허겁지겁 담배 한 대 피워야 소의 촉촉한 눈망울도 양동이 가득 떨어지던 선지와 내장들도 그리고 비린내도 연기 속으로 사라지는 기분이었다.

처음 아버지와 함께 소를 잡을 때 나는 정태처럼 멀리 도망가고 싶었다. 그런데 눈을 번들거리며 나를 감시하고 있는 계모 때문에 창고 밖으로 한 발짝도 나갈 수가 없었다. 계모는 소를 백 마리나 잡아본 사람 같았다. 양동이 가득 쏟아진 내장을 맨손으로 이리저리 뒤지더니 빨간 덩어리를 찾아냈다. 그것을 식칼로 잘라 아버지 앞으로 쑥 내밀었다. 피가 뚝뚝 떨어지는 것을 계모의 시뻘건 손으로 아버지보고 자꾸 먹으라고 권했다. 아버지는 몇 번이나 얼굴을 돌리다가 내키지 않은 표정으로 그것을 받아 우물우물 씹자 아버지 입가도 뻘겋게 피로 칠갑을 했다. 계모는 이런 아버지가 아주 사랑스럽다는 듯이 피가 칠갑인 손으로 입가를 닦아주어 더 얼룩덜룩했다.

계모도 아버지도 미친 사람 같았다. 소를 다 잡고 난 후에 정태처럼 주저앉았다. 더 멀리 달아나고 싶었지만 다리가 풀려서 서 있을 수도 없었다. 주저앉아서 정태처럼 울었다. 아버지가 다가와도 눈물을 멈출 수가 없었다. 아버지는 피우고 있던 담배를 나에게 물려주었다. 한 모금 빨고 나면 비린내도 두려움도 미안함도 사라진다고 했다. 허겁지겁 빨아보았다. 연기가 매워 캑캑거렸고 눈물이 나왔다. 눈물이 나오자 이제 울어도 된다는 허가증을 받은 것처럼 나는 또다시 훌쩍거렸다. 담배 한 모금 빨고 훌쩍거리고 담배 한 모금 빨고 훌쩍거리다보니 어느 순간 손가락이 타들어갈 정도였다. 아버지는 이런 모습을 물끄러미 바라보더니 다시 담배에 불을 붙여 나에게 내밀었다. 나는 다시 허겁지겁 담배를 피우면서 울었다. 아버지도 다시 담배에 불을 붙여 한 모금 빨았다.

"우리가 상놈은 맞는가보다."

뜬금없는 상놈 타령에 눈물을 훌쩍거리면서 아버지를 쳐다보았다.

"아버지와 아들이 나란히 앉아서 담배질한다는 것은 상놈에게

나 가당한 일이지."

 나는 내 손가락에 끼어 있는 담배를 물끄러미 내려다보다가 그것을 꺼야 한다는 사실이 아까웠다.

 "다 피워라. 백정이 상놈이 아니면 누가 상놈이겠느냐. 소 죽여보니 마음이 안 좋지? 나도 그랬다. 처음 며칠 동안은 그놈의 겁에 질린 커다란 눈동자가 어른거려 잠도 잘 수가 없었지. 그런데 말이다. 그놈들은 그런 역할로 이 세상에 온 것이야. 우리는 또 우리의 역할이 있기 때문에 이 세상에 태어난 것이고. 다른 말로 표현한다면 우리의 역할은 그놈을 잡아먹는 것이지. 그놈들도 그것을 잘 알고 있을 거야. 그러니 체념도 빠르지 않겠니."

 그때 계모가 핏물이 가득 담긴 양동이를 우리에게 퍼부었다. 청소 안 하고 무슨 개수작이냐고 눈을 번들거리자 아버지는 벌떡 일어나 창고 안으로 들어갔다. 나도 남아 있는 눈물을 손등으로 훔치고 창고 안으로 들어갔다. 아버지는 잡아놓은 고기를 정육점으로 옮겨야 했고 나는 바닥에 낭자하게 퍼져 있는 핏물을 씻어내야 했다. 시키지 않아도 일이 보였다.

 정태는 담배를 허겁지겁 피우는 나를 물끄러미 바라보더니 한마디 했다.

 "나 같으면 벌써 도망갔다."

 "뭐?"

 "나 같으면 벌써 도망갔다고."

 나도 모르게 피식 웃었다.

"짜아식 웃기는. 이게 웃을 일이냐?"

"안 웃으면. 그럼 울까?"

"울지 말고 고만 도망가라."

"어디로?"

"어디 가더라도 여기보다는 낫겠지."

"공장 가서 공돌이라도 하라고?"

"어쭈 생각을 안 해본 건 아니네? 도통 생각이라는 것은 하지 않고 사는 줄 알았지. 공돌이 하면서 기술 배우면 되잖어. 암만 불쌍한 짐승 잡아야만 먹고 사는 것보다는 낫지 않겠어?"

"걔들은 걔들의 역할이 있는 거여."

"역할?"

"서로 주어진 역할에 최선을 다해 사는 거여."

"아하. 동물은 인간을 위해 태어났다. 뭐 이런 역할을 얘기하는 거여?"

"그렇지 조물주가 그렇게 만들어 놓았잖아. 우리는 모두 고기를 먹어야만 살 수 있는 생체구조를 가졌고. 그러자면 누군가는 고기를 공급하기 위해 최일선에 서 있어야 한다면 내가 하지 뭐, 그까짓것 지금껏 해왔으니 눈 감고도 할 수 있는 일이잖아. 새삼스럽게 공장에 들어가서 쥐꼬리만 한 월급 받아가면서 조장인지 뭔지 눈치를 봐가면서 기술을 익힐 이유는 없다는 거야. 국민학교도 못 나왔다고 얼마나 무시하겠어? 물론 얼마 전까지만 해도 도망가고 싶었어. 아무리 씻어도 지워지지 않는 비린내 때문에 미칠 지경이었지. 그런데 아버지가 불쌍하다는 생각이 들더라고, 나 혼자 좋겠다고 아버지를 곤란에 빠뜨릴 수가 없겠더라고. 효도가 달리 효도가 아니지."

"학교도 안 보내준 아버지에게 효도할 마음이 들다니 대단하구나. 돈 때문이야?"

"장가도 보내준다잖아."

"장가?"

정태는 거품이 뽀글뽀글 올라온 맥주를 마시다가 말고 분수처럼 뿜어버렸다. 닭살점이 얼굴에 덕지덕지 달라붙어 얼른 털어냈다. 동물의 살점은 익힌 것이든 날 것이든 비린내가 났다.

아버지에게 이제 소는 그만 잡겠다고 말했다. 아버지는 내 말이 이해되지 않는지 내 얼굴을 멀뚱히 쳐다봤다. 한참을 그러고 있다가 신음처럼 뭐할 거냐고 물었다. 차츰 생각해보겠다고 하자 그러면 생각하면서 소는 계속 잡으라고 했다. 만 원 더 올려주겠다고 했다. 만 원 올라가는 것도 필요 없고 생각도 충분히 했으니 그냥 이참에 그만두겠다고 악을 썼다. 그러자 아버지는 씨익 웃으면서 네가 아직 모르나본데 고용의 법칙이라는 것이 있다고 했다. 즉 일을 그만두려면 그 일을 맡아서 해줄 사람이 있어야 그만두는 법이라고 했다. 아니면 경찰에 불려가서 조사를 받아야 한다고 했다. 경찰이란 소리에 아버지를 빤히 바라보았다.

아버지의 두툼한 손가락에 끼어 있는 누런 반지와 팔목과 목에 두르고 있는 소고삐 같은 금팔찌와 금목걸이를 바라보면서 아버지가 많이 변했다고 생각했다. 어느 순간부터 아버지는 돈이 최고라고 입버릇처럼 말했다. 드디어 계모를 닮아가고 있었다. 나를 볼 때마다 애처로움이 담겼던 눈빛이 사라졌다. 대신 욕망으로 번들거렸다. 돈이 대접받는다는 아버지 말처럼 아버지는 대접을 받기 시작했다. 농사지을 때는 꿈도 꾸지 못했던 일이 아버지에게 자꾸 일어났다.

면장도 군수도 경찰서장도 아버지 앞에서 굽실거렸다. 적어도 겉으로는 그랬다. 아버지만 모를 뿐이었다. 아니 어쩌면 모른 척하고 있는지도 몰랐다. 이유는 돈을 팍팍 풀기 때문이란다. 계모가 그리하라고 시켰을 때 아버지는 처음에는 내켜하지 않았었다. 그런데 계모 말에 거역을 못하는 배짱이라서 시늉이라도 해야 했다. 시늉하다보니 재미가 솔솔 생겼다. 세상에 돈 쓰는 재미보다 더 재미있는 것은 없다고 공공연히 설파할 정도였다.

돈이 있는 곳에는 여자도 꼬이는 법. 간이 커질 대로 커진 아버지는 가까이 오는 여자는 절대 모른척하지 못했다. 단 계모가 모르게 했다. 그 역할은 내가 주로 했다. 지능적인 아버지는 얼마든지 가능했고 부전자전이라고 그 아들의 머리도 지능적이었다. 계모는 우시장에 나를 데리고 가면 아버지가 허튼짓을 못할 거라고 생각하는 모양이었다. 계모가 나를 유일하게 인정할 때였다.

아버지는 이제 나는 안중에도 없었다. 아버지도 계모처럼 나를 부인하기 시작했다. 저놈은 아들이 아니고 어렸을 때 업둥이로 들어왔답니다. 동물도 살기 위해 들어오면 내치지 못하는 것이 인지상정인데 눈망울 초롱초롱한 아이를 어떻게 쫓아낼 수가 있겠습니까. 이렇게 계모가 자주 써먹은 레퍼토리를 아버지도 가끔 써먹었다. 써먹다보니 아버지도 헷갈리는 모양이었다. 내가 헷갈릴 정도인데 당연했다. 함께 우시장으로 소를 사러가는 날에는 나도 모르게 사장님이라고 부를 때도 있었다. 내가 그렇게 부르면 기분이 좋아진 아버지가 돈을 주기 때문이었다.

 모르는 사람만 득실거리는 곳에서 사장님이라고 불러주고 돈을 받는 재미가 쏠쏠해 자꾸 부르다보니 원래의 말처럼 여겨져 서글픔이 강물처럼 일렁였다. 그럴 땐 여자를 사면 마음이 편했다. 아버지가 우시장에만 오면 여자를 사는 이유를 알 것만 같았다. 여자들은 아직 불알이 빨갛다고 깔깔 웃었다. 아버지가 눈치를 챈 것 같았다. 하긴 장바닥에 소문이 파다했다. 불알 빨간 놈이 빨간 불알을 감추기 위해 멧돼지처럼 파고든다고. 아버지가 멈추라고 했다면 멈출 수가 있었지만 아버지는 모른 척했다.

 집을 나겠다고 하자 아버지는 마치 준비해둔 카드처럼 장가를 들먹였다. 소희가 색싯감이라는 말에는 집 나갈 생각이 싹 사라졌다. 내가 소희를 짝사랑하는 것을 눈치챈 모양이었다.

 소희는 아버지와 내가 자주 가는 선술집의 딸이었다. 나처럼 업둥이 아닌 업둥이인지 아니면 정말 업둥이인지 눈에 보이는 온갖 험한 일을 다 했다. 뚝배기에 가득 담긴 우거지해장국을 쟁반에 한가득 담아 식탁으로 옮길 때는 저것이 쏟아질까봐 지켜보는 내가 걱정될 정도였지만 그녀는 아랑곳하지 않았다. 가마솥 앞에 쪼그리고 앉아 아궁이 가득 불을 땔 때가 가장 예뻤다. 불빛이 비춰 그녀의 얼굴이 저녁놀처럼 붉어지면 내 마음도 붉어졌다. 그녀는 해장국 손님 누구에게도 친절하지 않았다. 손님들은 얼굴값을 한다고 빈정거렸지만 나는 그것이 안심되면서도 섭섭했다.

아버지가 딱 한 가지 문제가 있긴 하다고 할 때 나도 모르게 가슴이 철렁 내려앉았다. 한참 뜸을 들이다가 나이가 나보다 두 살 많아 그게 문제라고 했을 때는 나도 모르게 웃음이 나왔다. 하긴 여자가 두 살 위면 잘산다는 옛말도 있다며 나를 은근히 놀리기도 했다. 소희가 나에게 시집만 온다면 하루에 소 백 마리도 잡을 수 있을 것만 같았다. 아버지는 그 무렵 사업을 확장할 생각을 했었다. 다른 정육점에 들어갈 소도 내가 잡아주면 그 수입도 쏠쏠할 것이라고 했다.

내가 잡는 방법이 고기의 맛을 좋게 한다고 소문이 나 있어서 계모 정육점이 그리 번창했던 모양이다. 아버지는 이미 사업가가 되어 있어서 돈이 보인다고 했다. 계모도 반대하지 않았다. 계모 정육점과 상관이 없는 먼 곳에만 물건을 공급할 작정이라고 했다. 그게 싫어 집을 나갈 작정이었는데 소희가 내 색시가 된다면 내가 먼저 하겠다고 나설 참이다. 돈을 많이 벌어야 계모처럼 정육점을 할 수 있을 테니까. 정육점을 차리게 되면 소희가 계모처럼 고기를 팔 것이고 나는 아버지처럼 소를 사와서 열심히 잡으면 금방 계모처럼 부자가 될 것이다.

그런데 계모가 소희를 쫓아버렸다. 계모는 내가 좋아하는 것은 무조건 싫은 사람이었다. 그래서 언제나 불안했었는데 생각보다 그 무지막지한 예감이 빨리 찾아왔다.

소희와 함께 소를 잡게 되자 일의 속도는 두 배가 아니라 세 배, 네 배 정도로 빨랐다. 소희도 나처럼 온갖 궂은일이 몸에 배어 있어 못하는 일이 없었다. 대개 소를 처음 잡게 되면 울게 마련인데 소희는 눈물 한 점 보이지 않았다. 자연스럽게 내장을 손질하는 것부터 시작하여 나중에는 여섯 개의 각을 뜨는 것도 능수능란했고 식칼을 숫돌에 쓱쓱 가는 일은 오히려 나보다 더 예리하게 잘 갈았다. 자연 소문이 소문을 낳아서 돈도 만지기 시작했다.

소희와 결혼하면서 소를 잡고 받는 돈의 금액도 달라졌기 때문이다. 아버지에게 한 마리당 얼마씩 용돈으로 받았다면 결혼하고부터는 온당하게 수고비를 받게 되었다. 소희가 아버지에게 따졌기 때문이었다. 소 한 마리 잡아 정육점에 납품하면 금액이 얼마인지 다 알고 있다며 그것의 90%를 우릴 주고 아버지는 10%만 챙기시라고 했다. 말인즉 맞는 말이라 아버지도 거기에 대해서는 토를 달지 못했다. 재주는 곰이 부리고 돈은 중국놈이 번다는 속담까지 들먹거리자 아버지는 할 말이 없었다.

소희는 얼굴만 예쁜 게 아니라 똑똑하기까지 했다. 그런데 그게 문제였다. 소희는 정육점을 얼추 차릴 정도로 돈이 모이자 정육점 자리를 찾아보기 시작했다. 그게 계모 귀에 들어간 모양이었다. 계모는 우리가 정육점 차리는 것을 좋아하지 않았다. 위기감을 느낀 모양이었다. 계모 정육점에 피해를 줄 생각은 눈곱만큼도 해보지 않았는데 계모는 무서웠을까?

계모는 내 곁에서 소희만 떼어내면 원래의 상태로 돌아올 것을 알았다. 마누라가 쫓겨났는데 남편이란 자는 가만히 있었냐고? 가만히 있었다. 내가 어정쩡하게 있다보니 소희가 마지막 말을 남기며 울면서 사라졌다. 쭉 등신 천치처럼 잘 먹고 잘살라며 소리를 질렀다. 계모는 촌스럽게도 소희에게 바람을 피웠다고 뒤집어씌웠다. 내가 늘 전전긍긍했던 일이다.

소희는 내 옆에서 소털이나 그슬리고 내장이나 정리하기에는 너무 아까웠다. 내가 소희의 어여쁜 얼굴에 반한 것처럼 다른 사람들도 이런 식으로 툭툭 얘기를 했다. 처음에는 그 말이 듣기 좋았다. 그런데 자꾸 듣다보니 이놈이 소희에게 흑심을 품은 것은 아닌지 의심이 살짝 들었다. 쌀쌀맞기가 얼음장 같았던 소희가 봄바람처럼 샐샐 웃자 더 의심이 들었다. 더군다나 나는 소를 사러 우시장에 자주 다녀야 했으니까. 그런 날은 소희 혼자 집에 있는 날이었다. 나쁘게 마음먹으면 내가 주막에서 여자 사는 것처럼 아주 쉬운 일이 아닐지 의심이 들었다.

장가를 갔지만 가끔은 다른 여자 생각이 나는 나도 고질병이다. 내가 소희를 사랑하지 않아서 그런 생각이 든 것이 아니라 그냥 너무 어린 나이에 경험했던 아찔한 일을 잊을 수가 없어서였다. 계모는 부전자전이라서 못된 것만 닮았다고 소리를 질렀다.

아마 그동안 우리 부자의 행각을 다 알고 있었던 모양이었다. 똑똑한 소희도 모른 척하는 건지 몰랐다. 계모가 딴짓하면서 아버지에게 복수하는 것처럼 소희도 어쩌면 딴짓하면서 내게 복수를 하고 있는지도 몰랐다. 계모가 그렇다고 했다. 자기 두 눈으로 똑똑히 봤다고 했다. 아이를 갖지 않겠다고 하는 것도 다 딴생각이 있어서라고 뒤집어씌우자 나는 계모 말을 믿고 싶었다.

　소희는 아이 말만 하면 칠색 팔색을 했다. 이유인즉 정육점을 차리기 전까지는 절대로 아이를 낳을 생각이 없다고 했다. 아이에게 소 잡는 모습이나 보이고 싶냐고 하자 나도 할 말이 없어서 고개를 끄덕이기는 했지만 섭섭한 마음마저 사라지지는 않았다. 그래서 정육점을 갖기 위해 잠도 안 자고 소를 잡았건만 정작 정육점을 낼 만큼 돈을 벌자 소희가 바람을 피운다고 했다. 내가 느낀 배신감도 바닷물만큼 커 사리분별할 시간이 없었다.

　소희가 곁에 없자 계모의 계략이라는 것을 깨달았다. 계모는 정육점 낼 돈도 빼앗았다. 소희에게 위자료 명목으로 돈을 줬다는 말에는 더는 돈에 관심이 없어졌다. 소희에게 얼마를 주었던지 줬다는 사실에 고맙다는 생각이 들었다. 남편인 내가 미처 생각하지 못했던 부분이라 부끄럽기도 했다. 소희가 없자 소희가 없었던 시절로 돌아갔다. 잡아야 하는 소의 양은 자꾸 늘었지만 오히려 편했다. 아버지는 조수를 들이라고 했지만 나는 거절했다. 죽을 만큼 몸이 힘들면 소희를 생각할 여력이 없었다.

　이번에는 계모가 여자를 데리고 왔다. 계모 친정 동네에서 살

앉던 것 말고는 나이고 이름이고 아는 게 없었다. 여자는 난쟁이처럼 키가 작았다. 하긴 내가 키 타령할 입장은 아니었다. 군 복무를 열심히 하고 있을 정태가 들었다면 주제 파악을 하라고 하겠지. 소희를 보더니 우리를 은하철도 999 만화 주인공 메텔과 철이를 보는 것 같다고 했다. 소희처럼 예쁘지도 똑똑해 보이지도 않았다. 바람피울 걱정은 하지 않아도 될 것이란 계모 말에 나도 모르게 픽 웃었다. 내 웃음이 여자가 마음에 들어서라고 생각했는지 계모는 여자를 두고 가버렸다.

  나는 일을 했다. 아직 잡아야 할 소가 세 마리나 더 있어서 바빴다. 소를 잡는 모습을 보면 기겁하고 도망가겠지 생각했다. 여자가 눈 하나 깜짝하지 않고 가만히 서 있자 시뻘건 맨손으로 피가 뚝뚝 떨어지는 간을 식칼로 툭 잘라 아버지에게 건네던 계모의 얼굴과 겹쳤다. 피로 절벅거리는 바닥에 그녀를 쓰러뜨렸다. 촌스러운 꽃무늬 투피스가 피에 감겨 잘 벗겨지지 않았다. 그녀는 앙탈하며 발버둥치다가 옆에 한가득 담긴 선지 양동이를 차고 말았다. 선지는 그녀의 얼굴과 어느새 알몸이 된 몸뚱이를 뻘겋게 물들였다. 그것을 보자 나도 모르게 욕정이 치솟았다. 나도 모르게 허겁지겁 옷을 홀라당 벗어던지자 구박에 담겨 있는 뻘건 고깃덩어리와 다를 게 없었다.

  두 마리의 동물은 온몸을 피로 칠갑을 한 채로 서로 으르렁거렸다. 그녀가 으르렁거릴수록 발끝에서부터 시작한 욕정이 손끝으로 해서 머리끝까지 올라와 주체할 수가 없었다. 내장이 가득 들어 있는 구박을 덜렁 들어 그녀의 벌거벗은 붉은 배에 잔뜩 쏟고는 그녀의 두 다리를 힘껏 벌렸다. 조금 전 내가 들락거렸던 그곳을 한참이나 바라보다가 붉은 내장을 마구 쑤셔넣었다. 그녀가 놀라서 비명을 지르면 내장을 쑤욱 빼고는 내 것을 집어넣고 헐떡거렸다.

그녀가 욕정에 못이겨 비명을 지르면 그게 얄미워 다시 소 내장을 그곳에 집어넣었다가 쑤욱 뺐다. 피가 칠갑이 되어 있으면 내 주둥이를 들이대고 마음껏 빨았다. 그녀가 온몸을 뒤틀면 다시 내장을 집어넣었다. 그녀는 내장을 다 집어넣을 태세로 엉덩이를 들고 두 다리를 한껏 벌렸다. 그러자 그게 얄미워 이번에는 그녀를 둥글게 엎어놓고 또 내장을 넣었다 뺐다 했다. 머리와 척추와 꼬리만 남아 있는 소가 벽에 붙어서 이런 짐승놀음을 지켜보고 있었다.

걸을 수가 없어 집에 묵게 된 그녀가 걸을 수가 있어도 가지 않았다. 나도 가만히 두었다. 소희처럼 소 잡는 일을 거들어주면 그 모습을 뻔히 쳐다보다가 그녀가 처음 온 날처럼 옷을 홀라당 벗기고 핏물 위에서 일을 벌였다. 첫날처럼 내장을 갖고 장난을 치지 않았지만 가끔 그녀가 요구했다. 그러면 나는 조금도 망설이지 않고 그녀의 배 위에 내장을 홀러덩 쏟고는 그녀의 몸에 들어갈 맞춤한 것을 찾아 뒤적거렸다.

그녀는 두 다리를 하늘을 향한 채 한껏 벌리고 기다렸다. 꼭 하늘에 제를 올리는 느낌이었다.

홀랑 벗은 붉은 몸으로 쭈그리고 앉아서 자기 몸에 들어갔던 것이든, 너무 커서 못 들어간 것이든지 가리지 않고 내장 손질을 했다. 나도 붉은 몸으로 소를 잡고 털을 그슬리고 각을 떴다. 옷을 입고 작업할 때보다 오히려 간편했다. 소에게 죄를 짓고 있다는 마음도 사라졌다. 동물이 동물을 잡아먹는 것은 약육강식의 논리지 그 이상도 이하도 아니라는 생각이 들었다.

계모가 잘한 게 있다면 인적이 없는 산속에 도살장을 만들어 준 것이다. 잡을 소가 많아지자 더는 마을에서 소를 잡을 수가 없었다. 소희가 들어올 무렵이었다. 소희는 산이 자기를 삼켜버릴 것만 같다며 어서 돈 벌어 산 아래로 내려가자고 졸랐었다. 밤만 되면 산은 짐승처럼 몸을 부풀렸다. 검고 거대한 산그림자는 소의 울음소리도 먹어치울 태세로 위풍당당했다.

산속에 도살장이 있자 고기를 정육점마다 납품하는 것도 내 몫이 되고 말았다. 아버지는 이제 비린내가 난다고 도살장에 얼씬도 하지 않았다. 두 번째 여자가 들어오고부터였으니 어쩌면 우리의 짐승 놀음을 봤을지도 모르겠다. 어쩌면 동네에서도 연기처럼 모락모락 소문이 났을 수도 있겠다. 가끔 선지를 얻으러 오던 사람들이 어느 순간부터 발을 딱 끊었으니까.

# 여름의 끝에서, 연지

## 여름의 끝에서, 연지

절벽 사이로 나 있는 길은 매번 처음 가는 듯 낯설었다. 모롱이를 하나 돌면 또 다른 모롱이가 눈앞에 우뚝 서 있었다. 모롱이는 커다란 구렁이처럼 끝없이 구불텅구불텅 이어졌다. 그럴 때마다 연지 몸도 덩달아 이리저리 쏠렸다. 뾰족뾰족한 협곡 틈으로 보이는 새파란 하늘은 두 평 남짓했고 강물이 오른쪽 왼쪽으로 번갈아보이며 따라왔다. 나무마다 단풍이 들어 좁은 계곡에는 불이 난 듯 새빨갛게 불타올랐다. 몇 번의 모롱이를 더 돌자 붉은 그늘 밑에서 붉은 물을 머금고 있는 간부 사택이 눈에 들어왔다. 대연에 도착했다는 신호였다. 거기 사는 간부들은 위험한 굴속에 들어가지 않는다고 했다. 연지는 간부 사택을 볼 때마다 매번 그들의 자식을 상상했다.

대연 가는 날이면 자옥은 유난히 연지 옷차림에 신경썼다. 칙칙한 교복 대신 단정하면서도 예쁜 원피스를 골라주었다. 연지도 섭의 회사 사람들에게 잘 보이고 싶은 마음에 자옥이 골라주는 옷에 토를 달지 않고 입었다. 가슴에는 성적증명서가 들어 있는 커다란 서류봉투를 안고 있어 몸이 흔들릴 때마다 떨어질까 봐 꼭 끌어안았다.

연지는 산이 첩첩으로 둘러싸인 산골짜기에서 태어났다. 연지 아버지 섭의 나이 서른이 넘어서였다. 어느 한 고라뎅이에서 호랑이가 어슬렁어슬렁 내려온다고 해도 전혀 이상하지 않을 으슥한 곳에서 자란 그녀에게 문명 학습도구는 마을에 딱 한 대 있는 텔레비전이었다. 거기에 나오는 배우들은 모두 예뻤다. 연지의 꿈이 탤런트가 된 이유였다.

 섭은 군대 가기 3일 전에 장가를 갔다. 당시에는 늦은 결혼이었다. 그 전에 몇 군데 매파를 놓았지만 모두 퇴짜를 맞았다. 뼈대 있는 양반가라는 거창한 수식 말고는 자랑으로 내세울 게 없어 딸을 주고 싶은 집이 없었다.

 섭의 증조할아버지가 이런 심심산천에 터를 잡은 까닭은 고려의 국운이 다하자 새 왕조의 벼슬을 거부하고 두문동에 들어가 절의를 지킨 항파 조상 때문이었다. 후손들도 그의 유훈을 받아들여 선훈불사(先訓不仕)라 하여 대대로 벼슬을 멀리하였다. 섭이 어렸을 때는 잠자리에서 일어나자마자 조부 앞에 무릎 꿇고 앉아 조상의 이력을 천자문 외우듯 외운 후에 아침을 먹을 수가 있었다.

 고려 충렬왕 때부터 조선조에 들어와 종묘 배향 인물 1명을 배출했고, 왕비 3명과 부마 4명과 상신 13명과 문형 2명과 청백리 2명과 호당 2명과 공신 8명(청송 심씨 족보를 참고했지만 이야기는 허구입니다) 등등 거미 꽁무니에서 나오는 거미줄처럼 끝이 없었다. 뜻도 모른 채 앵무새처럼 외우면 조부는 눈을 지그시 감고 고개를 끄덕끄덕했다. 오남일녀 중에 세 번째였던 섭의 머리가 제일 안 좋았던 모양이다. 항상 그 때문에 아침밥이 늦는다며 형들에게 꿀밤을 맞기가 부지기수였다. 조부가 돌아가시면서 이런 가문놀이가 시나브로 사라졌다. 몸에 붙지 않은 삼 농사를 시작해 여력이 없어서였다.

골짜기 깊은 산속답게 칼날 같은 산과 물려 있는 기다란 비탈밭이 대부분이었다. 섭의 큰형님 식구와 둘째형님 식구와 시집가지 않은 여동생까지 한집에 우글우글 모여 살면서 삼밭만 쳐다보고 있었다. 7월이면 개울가에 커다란 구덩이를 파고 삼을 쪄냈다. 그 불에 감자와 옥수수도 같이 구워서 먹었다. 겨울밤에는 여자들은 도장방에서 무릎을 내놓고 삼실을 꼬았고 베틀에 앉아 길쌈을 했다. 삼실을 꼬느라 여자들 무릎에는 하나같이 구멍이 뽕뽕 뚫려 있었다.

남자들은 사랑에서 사스랭이놀이를 했다. 삼을 쪄낸 구덩이에는 연못처럼 물이 고여 있어 봄이면 개구리알과 도롱뇽알이 개락이어서 아이들의 놀이터였다. 소출이 넉넉하지 않아 섭은 뼈가 여물기 전부터 노동판으로 나가 돈을 벌어와 큰형수님께 고이 바쳐 살림에 보탰다. 탄을 실어나르기 위해 철로를 놓고 있는 공사현장이었다. 목도질로 침목을 운반해 바닥에 끼는 일을 입대 전날까지 했다.

마침내 섭은 그보다 여덟 살이 어린 자옥과 혼례를 올렸다. 자옥의 올케는 섭의 둘째형수 여동생이었다. 당시에는 집안과 집안끼리 주고받는 혼사가 많았다. 가령 이 댁에서 아들을 내놓으면 저 댁에서 딸을 주는 식이었다. 첩첩산중에서 매파가 오기만 기다릴 수 없어 이루어진 자구책이었다.

　섭은 아직 솜털도 벗겨지지 않은 열일곱 살짜리 신부를 첫날밤에 어찌할 수가 없어 그냥 잠만 잤다. 이튿날에도 기회만 엿보다가 그냥 잤다. 입대하기 전 마지막 날 밤에는 좀 적극적으로 나섰다. 하지만 어린 신부가 자벌레처럼 몸을 돌돌 말고 있어 밤을 홀딱 새워가며 몸을 풀려다가 풀지 못해 그냥 입대했다.

　일 년 후에 휴가를 나왔다. 휴가 첫날 신부는 신랑을 보자마자 여전히 부끄러워 정지간으로 숨어버리더니 밤이 이슥하도록 방으로 들어오지 않았다. 베틀이 놓여 있던 도장방이 그들의 신혼방이었다. 섭은 자옥이 들어오길 기다리다가 얼핏 잠이 들었다. 찬바람을 맞으며 한달음에 집으로 달려온 몸이 자글자글 끓는 구들장에 닿자 온몸이 녹지근하게 풀렸다. 부스럭부스럭하는 소리에 눈이 떠졌다. 광창으로 얼굴을 들이민 보름달 빛으로 방안이 환했다. 자옥은 섭의 잠이 깰까봐 나름 그와 멀리 떨어질 요량이었다. 하지만 웃묵은 옥수수자루와 늙은 호박이 차지하고 있고 요를 깔면 요강 하나 놓아둘 공간이 없는 됫박만 한 방이라 결과적으로는 섭의 발치께였다.

　섭은 자옥이 손을 다쳤나 싶어 벌떡 일어났다. 그 서슬에 자옥도 깜짝 놀라 얼떨결에 손을 뒤로 감추었다. 섭이 자옥의 손을 잡아 살펴보다가 깜짝 놀랐다. 손이 터서 갈라졌고 그 틈으로 피가 줄줄 흘러 무슨 약인지도 모르겠지만 그걸 바르고 비닐로 동여

매느라 부스럭거린 거였다. 자옥은 섭에게서 손을 빼려고 애썼다. 이쁜 모습을 보여주고 싶었는데 꼬락서니가 우습게 되어 창피했다. 약을 바르지 않고는 가렵고 아파 잠들 수가 없어서 나름 조심한다고 했지만 잠을 깨워 난감했다. 섭은 자옥의 손을 붙들고 속으로 울었다. 그동안 어떻게 살았는지 보는 듯했다. 그 와중에도 아랫도리가 벌떡거려 난감했다. 하지만 동물이 아니고는 그럴 수가 없었다.

다음날 밤에는 무슨 일이 있어도 거사를 치르리라는 마음에 하루 종일 안절부절못하였다. 그런데 그날도 섭의 아랫도리는 성만 내다가 말았다. 자옥은 올무에 갇힌 산토끼처럼 발발 떨기만 했지 섭의 손길을 결사적으로 거부했다. 어린 신부 혼자 두고 군으로 줄행랑을 쳐서 원망의 마음이 들어서라는 생각에 마음이 아팠다. 하지만 군의 부름을 거부할 수도 없잖는가. 어여쁜 신부를 두고 떠나야만 하는 신랑의 마음이 더 아프면 아플 텐데 그 마음을 이해 못해주는 것 같아 야속했다. 그래서 좀 거칠게 다루었다. 저절로 벌떡거리는 아랫도리가 그리하라고 시켰다.

섭은 여자 다루는 기술이 없었다. 몰랐기에 본능에 충실했다. 자옥은 이런 섭의 모습에 놀랐다. 얼떨결에 털이 북슬북슬한 중심을 보고 말았다. 독수공방을 일 년 넘게 보내면서 나름 상상하기는 했지만 이렇게 거대할 거라고는 생각도 못했다. 저 커다란 것이 자꾸만 자기의 부끄러운 곳으로 들어오려고 기를 썼다. 그게 몸에 들어온다면 찢어지다 못해 죽을 것만 같았다. 그래서 온

힘을 다해 도망다녔다. 옥수수자루에 올라가 늙은 호박을 방패로 삼아 들고 떨고 있었다.

그러는 동안 섭의 중심은 커질 대로 커져 저절로 끄덕끄덕 방아를 찧고 있자 그걸 물끄러미 내려다보던 섭은 자기도 모르게 주먹으로 자옥을 때렸다. 옆방에 잠들어 있을 여동생이 들을세라 이 모든 일을 귀신도 듣지 못하게 살금살금 해야 했다. 섭은 부아가 난다고 해서 소리를 지를 수가 없었다. 자옥도 무섭고 아프다고 해서 울음소리를 낼 수가 없었다.

이 일은 오랫동안 두고두고 섭에게는 큰 약점이었다. 자옥은 자분치가 희끗희끗해질 때까지 이 말을 하고 또 했다. 연지가 어렸을 때는 이 말의 의미를 몰랐다. 섭이 짐짓 못들은 척하는 것을 보면 그가 잘못했을 거라는 짐작만 했다. 연지가 커서도 자옥이 이따금 그 소리를 하면 이젠 섭과 연지 둘이 못들은 척했다.

섭이 군에서 제대하고 한동네 디딜방앗간 옆에 딸린 단칸방으로 분가했다. 몇 년 후에 연지가 태어나자 근처 아연을 캐는 광업소에 취직했다. 석탄을 캐지 않아 얼굴이나 옷에 시커멓게 탄칠을 하지 않아 가다 구길 일이 없을 거라 마음에 들었다.

연지가 아장아장 걸음마를 뗄 때부터 사람들 입을 탔다. 그럴 때마다 연지 조부인 상구는 흡족한지 조선시대에 왕비를 세 명이나 탄생시킨 명문가의 여식이라 당연하다고 했다. 비록 조상의 유훈을 지키며 초야에 묻혀 살고 있지만 핏줄은 속일 수가 없는 법이라고 헛기침했다. 자옥은 시아버지가 그런 말을 할 때마다 자랑스러우면서도 시누이와 몰래 입을 삐죽였다.

　연지가 국민학교에 입학하자마자 담임 선생이 대뜸 연지를 무용가로 키우고 싶다고 자옥을 찾아왔다. 자옥은 무용가가 뭔지는 모르겠지만 돈이 많이 들어갈 거라는 걱정이 앞섰다. 뭔지 모르기는 섭도 마찬가지여서 그쪽 계통에 대해 아는 사람을 찾아 물어물어 정리해서 집안 회의에 부쳤다. 집안 회의는 윗대부터 집안의 내력이었다. 상구는 섭의 말을 다 듣기도 전에 노발대발했다. 조신하게 키워서 양반 가문에 시집보낼 생각은 하지 않고 누구에게 보여주겠다고 상놈의 짓을 하느냐고 했다. 나아가 명문 집안에 먹칠할 생각하지 말라고 일침을 놓았다. 상구의 반대는 섭과 자옥을 안심하게 했다. 담임이 무용을 가르치려면 도시로 발령과 함께 연지를 데리고 가겠다는 말에 영 마음이 놓이지 않았기 때문이다.

　연지는 자랄수록 섭과 자옥에게 은근한 자랑거리였다. 특별한 이유도 없었는데 연지 이후로 단산이 되어 더 각별했다. 섭은 한 시간이 넘게 걸리는 거리를 날마다 걸어서 직장에 다녔다. 천성이 온화하고 성실해 회사 사람에게 인정을 받자 이 모든 게 연지 때문이라고 여겼다.

　연지가 태어나기 전까지는 비록 철길 놓는 공사판에서 막일을 할지언정 광산에 들어가고 싶지 않았다. 가까운 곳에 석탄광업소가 우후죽순으로 생겨났고 거기만 들어가면 다달이 월급 이외에 쌀이며 연탄에 작업복이 나왔지만 안전이 보장되지 않았다.

일주일에 한두 번씩은 꼭 사고 소식을 접했다. 어떤 날에는 하루에 몇 번씩 사고 소식이 바람에 실려왔다.

근처에는 광부들의 주거지인 사택이 많았다. 사택 한가운데는 꼭 공중목욕탕이 있었다. 온종일 목욕탕 커다란 굴뚝에서 하얀 연기가 공중으로 향해 하늘하늘 머리를 풀었다. 굴속에 들어가 탄을 캐고 나온 광부들이 몸을 씻었고 그들이 이용하지 않는 틈새로 사택의 부녀자들과 아이들이 이용했다.

사택 사람들이 광산사고를 가장 먼저 접하는 곳은 목욕탕이었다. 들것에 실린 시신이 제일 먼저 도착하는 곳이었다. 석탄투성이 시신을 목욕탕 바닥에 눕혀놓고 물을 뿌려 대충 탄을 씻겨내고 유족들에게 알렸다. 시신이 하나같이 새까매 알아볼 수가 없기 때문이었다. 여자들이 대야를 옆에 끼고 목욕탕으로 들어가려다가 들것에 실린 시신들이 두세두세 들어오면 다시 집으로 돌아와 바들바들 떨고 있었다. 그날 남편을 출근시킨 아낙들은 남편이 돌아올 때까지 마음을 놓지 못했다.

아연광산은 사고도 빈번하게 나지 않았다. 석탄광산에 비해 월급도 적고 처우도 열악했지만 탄을 캐지 않아 온몸이 새카맣게 변해서 굴속에서 나오지 않기 때문에 선택했다. 체면이 무엇보다 지상과제였던 집안의 피를 물려받은 셈이었다. 석탄광업소는 광부들의 복지 중에 자녀들의 학자금이 있었다. 대학까지 등록금을 전액 보조해주어 자녀가 공부에 관심이 있는 아버지는 자식이 대학 졸업 때까지 직장에서 살아남아 버티는 게 목표였다. 아연광산은 회사에서 요구하는 성적 안에 들어가야 장학금이 나오는 제도여서 모든 자녀가 혜택을 입는 거는 아니었다.

섭의 어깨에 힘이 들어갈 때가 이즈음이었다. 동료들은 말할 것도 없고 펜대 굴리는 간부들까지 섭을 부러워한다고 자랑스럽게 말했다. 섭은 광부가 아닌 사무실에서 일하는 사람들을 '펜대 굴리는 사람'이라고 말했다. 연지를 공부시키는 이유도 펜대 굴리는 사람에게 시집을 보내기 위해서였다. 섭보다 자옥이 그 열망이 더 컸다. 그런 말을 들을 때마다 연지는 새빨갛게 물든 단풍나무 아래의 간부 사택이 떠올랐다.

상구는 연지의 대학 진학을 결사반대했다. 여자가 너무 많이 배우면 남자를 우습게 알게 되거니와 팔자가 세져서 현모양처의 길을 갈 수가 없다는 게 요지였다. 자옥은 그 말에 콧방귀를 뀌었다. 더는 상구 말에 무조건 '예 예'하면서 머리를 조아리지 않겠다고 결심했다. 그의 말이 윤리적으로는 공감되지만 그게 연지까지 영향이 미치는 건 싫었다. 야학에서 3개월 배운 학력이 전부인 자옥이지만 다른 사람들보다 현명했고 음식 솜씨와 앞을 내다보는 안목이 있었다. 앞으로 여자들도 직업이 있어야 하는 시대가 올 테니 남자 못지않게 많이 배워야 자기 앞길을 개척할 수 있다고 생각했다.

연지가 보통 아이가 아니라는 생각에 더 그랬다. 하지만 무조건 자기 고집을 내세우지는 않았다. 한발 물러서기로 했다. 상구가 연지 대학 가는 걸 반대하는 이유 중엔 여자가 집과 멀리 떨어지면 기필코 망조가 든다는 이유도 있었다. 바람든 무 꼴이 되는 거는 시간문제라 뼈대 있는 가문에서는 며느리로 받아들이지 않는다는 말에 자옥도 조금 두려웠다. 일주일에 한번씩은 연지가 오든 자옥이 가든 꼭 얼굴을 보고 관리를 하겠다고 약속했다. 상구도 아주 막힌 사람이 아니었다. 이 정도 했으면 집안 어른으로서 체면도 세웠다는 생각에 마지못한 듯 승낙했다.

섭이 광업소에 취직하자 상구는 며칠 동안 뜬눈으로 밤을 지새웠다. 아들 중에 가장 체격이 작고 여자처럼 곱상하게 생겨 노동판에 나가는 것도 가슴이 아팠더랬다. 그것보다 열 배는 더 힘든 광산 막장에 들어가야 할 일이 기가 막혔다. 그런데 그 광업소 때문에 연지가 대학에도 다닐 수가 있게 되자 이 모든 게 연지 팔자인 듯 여겨졌다.

연지 사촌이나 육촌 남자들은 공부만 잘하면 어찌하든지 대학에 보냈다. 그 어미가 밤을 도와 길쌈을 하고 틈틈이 텃밭에 열무나 호박을 심어 그걸 아침마다 이웃 광산촌 사택에 팔아 학비에 보탰다. 소를 키우는 이유도 비탈밭 밭갈이에 없어서는 안 되는 일꾼이었지만 새끼를 낳으면 잘 키워 대학 등록금을 대기 위해서였다. 주로 갓 시집온 새댁이 소를 키우는 일을 맡았다.

자옥도 시집오자마자 섭이 군대로 가버려 유일한 동무가 소였다. 이른 새벽에 소를 끌고 나가 풀밭에 풀어놓고 온갖 그립고 서러웠던 일을 소에게 다 풀어놓았다. 소가 자옥의 말을 듣는 것 같기도 하고 아닌 것 같기도 했지만 상관이 없었다. 그리고 나면 응

어리졌던 속이 풀려서 하루를 살아갈 힘이 생겼다. 소 등짝에 윤기가 흐르고 투실투실해지면 어김없이 주로 아들들의 등록금으로 팔려나갔다. 그러면 자옥은 소의 선한 눈망울이 떠올라 며칠을 자지 못하고 몰래 울었다. 소도 제 처지를 아는지 자옥을 물끄러미 돌아보는데 그 큰 눈망울에 눈물이 그렁그렁 맺혔다.

자옥은 소의 그런 모습이 보고 싶지 않아 짐짓 미리 숨어버리면 소는 꼭 자옥을 찾는 것처럼 대가리를 헤헤 저으며 두리번거렸다. 네 발을 바닥에 꾹 딛고 아무리 채찍질을 해도 한 발짝도 움직이지 않고 울기만 했다. 소장수는 영문을 알 수가 없어 어리둥절했지만 상구는 자옥을 불렀다. 자옥이 디딜방앗간이나 뒤안에서 슬슬 모습을 드러낼 수밖에 없었다. 마침내 자옥을 발견한 소는 한번 길게 울었다. 모든 것을 이해한다는 처연한 눈빛은 곧 그렁그렁해지며 그제야 발걸음이 떨어졌다.

상구는 자옥이 소를 참 잘 키운다고 칭찬했다. 희한하다고 했다. 똑같은 그랑가의 풀인데 자옥이 소를 끌고 나가 먹이면 소가 살이 오르고 털에 윤기가 흐른다고 흐뭇해했다. 상구의 따듯한 칭찬 한마디에 자옥은 소 키우는 일이 신명났다. 하지만 소를 판 돈은 단 한번도 연지의 대학 등록금으로 쓰이지 못했다. 다행히 연지는 섭의 회사에서 요구하는 성적을 한번도 충족하지 못한 적이 없었다. 회사가 장학금을 늘 학교로 보냈다.

대학에서 그 장학금을 받는 사람은 연지와 윤이었다. 무역학과 생인 윤은 연지와 동갑에 같은 학년이었다. 윤은 보통 키에 얼굴이 해사했고 가느다란 금테 안경이 잘 어울리는 이지적인 남자였다. 윤의 아버지와 섭은 같이 수직갱을 타고 지하 300m로 내려가 막장에서 일했다. 암반에 화약을 꽂고 발파 스위치를 누르고 함께 혼쭐이 나도록 뛰어나가 엎드리면 쾅~ 하는 천둥소리와 함께 먼지가 자욱하게 펼쳐졌다. 윤도 그의 아버지에게 자랑거리였다. 날마다 굴 입구에 서 있는 깃대에 목숨을 깃발처럼 걸어놓고 굴속으로 들어가는 이유였다. 윤도 연지처럼 성적증명서를 떼서 대연에 들락거렸지만 한번도 서로 부딪혀본 적이 없었다. 연지는 막연하게 섭을 통해 그려보기는 했다.

여름방학이 되자 섭의 회사에서 장학금을 받는 대학생들을 초청했다. 연지는 가고 싶지 않았지만 그건 섭이 절대로 용납하지 않았다. 섭은 회사의 규정이나 요구사항을 한 번도 어기거나 거절한 적이 없었다. 결근은커녕 아주 특별한 일이 없는 한은 지각도 한 번 하지 않았다. 섭은 커다란 숫자만 박힌 달력을 벽에 걸어놓고 출근한 날에는 그 날짜에 커다랗게 동그라미를 쳐놓았다. 일요일을 제외하고는 동그라미가 쳐지지 않는 숫자가 없을 정도로 성실 그 자체였다. 윤의 아버지도 별반 다를 게 없었다.

연지와 윤은 오후 2시에 열리는 대학생 간담회에 참석하기 위해 전날 밤 자정에 출발하는 기차에 나란히 탑승했다. 연지는 검은색 줄무늬가 세로로 그려진 아이보리 원피스에 빨간 구두를 신었고 윤도 감색 세미 정장과 밤색 로퍼로 단정하게 갖추어 입었다. 발랄한 학생 패션이라기보다는 면접용 패션이어서 나름 촌스럽다면 촌스러웠고 갖추어 입었다면 또 그렇게 보이는 차림이었다.

생뚱맞게 윤의 손에 커다란 마대가 들려 있었다. 복장과 어울리지 않는 커다란 자루는 그 나이 때라면 아무도 들고 다니고 싶지 않은 후줄근한 보따리였다. 연지의 머릿속에 언뜻 떠오르는 것은 역시나 윤도 아버지 말을 거역하지 못하는구나였다. 다른 한편으로는 회사의 높은 사람에게 아부하기 위해 뭔가를 가지고 온 것 같아 그 아버지의 처세술과 그 아들의 합작이 기가 막히기도 했다. 자루 안에 물건이 뭐든 간에 높은 사람의 마음을 얻기는 힘들겠다는 생각에 경멸하는 마음도 살짝 들었다. 윤은 이런 연지의 마음을 읽기라도 했는지 고모에게 전해줄 옥수수라고 했다. 아버지 동생인데 함께 고모 집에 들러야 한다는 말에 연지는 얼른 고개를 끄덕였다. 윤이 미안할까 봐서였다.

그 집이 부자였다면 연지에게 뻐기고 싶은 마음에 일부러 심부름을 자처할 수도 있었겠지만 말로만 들었던 서울의 달동네였다. 윤은 30㎏는 되어 보이는 자루를 어깨에 메고 계단을 오르고 또 오르고 있어 연지의 발 아픔은 명함도 내밀 처지가 못 되었다. 윤이 연지의 신발을 힐끗 바라보며 계단을 200개도 넘게 올라가야 한다면서도 계단 밑에서 기다리고 있으라는 말은 하지 않았다. 낯선 곳에 연지 혼자 두기에는 마음이 놓이지 않는 눈치였다. 아직 푸르스름한 기운도 사라지기 전의 첫새벽이었다.

그사이 해가 조금씩 떠오르며 계단이 노랗게 물들자 노란 계단을 밟고 내려가는 사람들이 이따금 보였다. 이윽고 가장 꼭대기에 있는 어느 대문 앞에 도착했다. 윤은 자주 와 본 집인 듯 조심스러운 행동과는 달리 거침없었다. 대문을 밀치자 조그마한 마당이 있었고 그 마당 건너로 마루가 딸린 집이 보였다. 연지는 당연히 마당을 가로질러 그 집으로 갈 거로 생각했다. 그런데 윤은 그 집은 본체만체하고 대문 옆에 담장과 붙어 있는 쪽문으로 갔다. 조그마한 쪽문을 열자 나지막한 부뚜막이 먼저 보였다. 문소리에 여닫이 방문이 벌컥 열리면서 젊은 여자가 나왔다.

여자는 윤을 반기며 보따리를 얼른 받았다. 연신 이 무거운 것을 어찌 들고 왔냐면서도 보따리를 풀어보며 여간 좋아하지 않았다. 윤은 물론이고 연지도 뿌듯한 마음이 들어 왜 윤이 그 무거운 옥수수자루를 모양 빠지는 것을 고려하면서도 들고 왔는지 알게 되었다. 부뚜막을 밟고 방 안으로 들어갔다. 자그마한 한 칸짜리 방은 정돈이 잘되어 있었다. 손수건만 한 쪽창으로 아침 햇살이 들어와 방 안은 따듯하고 평화로워 보였다.

여자는 금방 밥상을 차려 방안으로 들어왔다. 갓 지은 밥에 맑은 콩나물국과 콩나물무침과 어묵볶음과 잔멸치볶음이 차려져 있었다. 윤과 연지는 같이 밥을 먹어보기는 처음이었다. 좁은 방 안에 작은 밥상을 앞에 두고 마주 앉자 서로의 이마가 닿을 듯해 조금 어색했다. 윤은 이런 상황을 아무렇지 않게 받아들여 어색하게 여기는 연지가 오히려 촌스러워 연지도 100년이나 같이 먹어본 듯 굴 수밖에 없었다. 여자는 연지와 윤이 밥 먹는 모습을 옆에서 지켜보고 있었다. 윤이 함께 먹자고 하자 고모부 출근시키느라 같이 먹었다고 말하며 자꾸 연지를 쳐다보았다. 아마 윤과 특별한 관계라고 여기는 눈치였다.

눈빛이 따듯해 연지가 윤의 짝으로 괜찮다고 여기는 듯했다. 어째선지 윤이나 연지는 그런 관계가 아니라고 적극적으로 어필하지 않았다. 여자가 물었다면 생각하시는 그런 관계가 아니라고 말했을 텐데 묻지 않으니 굳이 밝힐 필요가 없다고 생각했다. 어쩌면 여자의 상상을 실망하게 하고 싶지 않은 줄도 몰랐다. 꼭 두새벽에 남자를 따라와 아침상을 함께 받아먹는 풍경은 특별한 관계가 아니라면 연출될 수 없는 일이라서 입을 닫고 있었다.

회사 빌딩은 들판에 덩그렇게 홀로 서 있었다. 주위는 곳곳이 공사 중이라 흙바닥이 군데군데 파여 산만했고 썰렁했다. 윤은 앞으로 이쪽이 개발될 게 분명해 회사가 앞을 내다보고 이곳에 사옥을 신축했다고 말했다. 오기 전에 회사에 관해 공부하고 온 듯한 느낌이 연지는 얼핏 들었다. 온갖 바람과 먼지를 다 맞으며 들판에 홀로 서 있는 나무처럼 생뚱맞은 건물이었지만 회전문을 눈치껏 통과해 로비에 들어서자 주눅이 잔뜩 들었다. 대리석이 깔린 바닥은 반질반질해 넘어질 듯 미끄러웠다.

연회장의 긴 탁자 위에는 다과가 차려져 있었다. 이미 학생들이 의자에 꽉 차게 앉아서 연지와 윤을 일제히 쳐다봤다. 약속 시간보다 10분은 이른 시간이었지만 너무 늦게 왔나 싶어 당황했다. 좌석이 배정되어 있었고 이름 밑에 대학이 표시되어 있었다.

윤과 연지는 긴 책상 제일 끝자리에 배당되었다. 출입문에서는 가장 가까운 자리였다. 디근 모양의 긴 책상머리를 중심으로 하여 의자가 양쪽으로 놓였고 머리 부분에는 이것보다 훨씬 좋은 의자가 배치되었다. 책상 위에 이름표가 놓여 있지 않아 가장 높은 사람의 자리인 듯했다. 무엇보다 그 자리를 중심으로 가장 가까운 자리부터 대학 서열대로 자리가 배치되었다. 그게 연지와 윤의 자리가 가장 끝에 있는 이유였다.

연지 옆에 한 자리가 남아 있었는데 주인이 아직 도착하지 않았다. 참석자 중에서 가장 대학 서열이 아래였다. 그 한 자리에 위로를 받아야 할지 말지 가닥이 잡히지 않았다. 똑같은 신세였지만 지푸라기라도 잡는 심정이었다고 하면 표현이 될 듯한데 이런 연지의 복잡한 심사와는 달리 윤의 표정이 한결같아 신기했다. 역시 사장이 들어와 그 자리에 앉자마자 빈자리 임자도 출입문을 열고 허겁지겁 들어왔다. 대학 서열대로 도착하는 듯해 연지는 조금 민망했다.

진행자가 회사 연혁에 대해 장황하게 설명했다. 설명이 끝나자 사장이 간단한 환영 인사와 함께 대학생들에게 이것저것 질문을 했다. 사장 자리에서 가까이 앉은 남학생들이 주로 대답했다. 청바지에 라운드 셔츠를 경쾌하게 입은 학생들이 대답도 예의를 지키며 조리 있게 잘했다. 건의 사항 부문에서는 서로 얼굴만 쳐다보며 눈치만 볼 뿐 아무도 건의하는 학생은 없었다. 그때야 차려진 다과를 들라고 사장이 말했다. 간담회 시작부터 끝날 때까지 연지와 윤은 벙어리처럼 가만히 앉아 있다가 과자 하나를 입에 넣고 우물거린 게 다였다. 연지 옆에 앉아 있던 남학생도 초콜릿 껍질을 조심스럽게 벗기다가 사장이 나가자마자 가장 먼저 아무 인사도 없이 그 자리를 떠났다.

　기차 출발 시간이 임박했는데도 그들의 모습이 보이지 않았다. 나란히 앉은 윤과 연지의 앞자리와 통로 맞은편 자리도 빈 좌석이 있어서 그들의 자리인 듯 여겨졌다. 연지는 그들이 오지 않을까봐 걱정되었다. 2인승 초록색 우단 의자는 방향 조절이 가능해 의자를 돌리면 마주 보고 갈 수 있는 과학적이고 배려심이 있는 의자였다. 연지와 윤의 앞에 의자도 친절하게 역방향으로 놓여 있어서 그네들이 이 자리에 앉길 기대했다. 곧 출발 예정이라는 안내 방송이 나와도 감감무소식이었다. 기차가 슬금슬금 움직여도 나타나지 않자 초조했다.

　그때 출입문이 벌컥 열리며 그네들이 나타나 연지는 너무 반가워 소리를 지를 뻔했다. 하지만 곧 이성이 회복되어 고개만 까닥하고 마음을 감추었다. 연지 예상대로 남자 두 명이 연지 맞은편에 앉고 나머지는 통로 건너편에 남자 두 명과 여자 한 명이 따로 앉았다. 여자 옆자리가 비어 불길했다. 기차는 이미 철커덕철커덕 속도를 높이고 있어 또 다른 주인이 나타날 리가 없었다. 연지 예상은 적중했다.

　통로 맞은편 여자가 연지 앞에 앉아 있는 남학생들을 자기 쪽으로 오라고 불렀다. 여자의 말이 떨어지자마자 꽁지 빠진 장닭처럼 비실비실 일어나 통로를 건너갔다. 자리가 하나 모자라 의자 팔걸이에 앉아 있던 남자는 뒤편에 비어 있는 자리로 가서 몸을 돌려 의자에 무릎을 꿇고 앉아 의자 등받이 너머로 고개를 내밀고 여자 말을 듣고 있었다. 여자 혼자 말을 했다. 남자들은 그녀의 대답을 잘 듣고 있다는 걸 확인해주는 것처럼 이따금 대답하는 식이었다.

기차가 슬금슬금 움직일 때 출입문을 펄떡 열고 들어선 다섯 명 중에 여자가 한 명 끼여 있어 연지는 순간적으로 김이 샜다. 그런데 그것도 잠시 연지도 모르게 안심모드로 전환되었다. 간담회에서도 본 여자였는데 그때나 지금이나 연지 경쟁상대가 아니라고 판단을 내려버렸다. 여자는 한마디로 못생겼다. 짧은 커트 머리에 무릎이 쑥 나온 청바지에 목이 헤벌쭉하게 늘어난 칙칙한 라운드 면 셔츠와 흰 운동화 차림이어서 대학생답게 털털하다고 해도 얼굴이 너부죽한 데다 땅딸막했다.

거기다가 귤껍질처럼 땀구멍이 숭숭해 아무리 후하게 점수를 주려고 해도 한 군데도 눈이 가는 곳이 없었다. 목소리도 얼마나 큰지 객실이 쩡쩡 울릴 정도인데 본인은 전혀 상관하지 않는 한마디로 참 억세 보이는 여자였다. 상구가 제일 싫어하는 타입인 여자는 연지를 의식했을까. 다섯 시간 가까이 조금도 쉬지 않고 혼자서 말했다. 남자들이 잠깐이라도 한눈을 판다든가 하면 커다란 목소리는 한 톤 더 높여서 시선을 집중시켰다.

연지는 차츰 무참해졌다. 기차 안에 다른 사람들은 이미 꿈속에 빠진 듯 잠을 자고 있었고 오직 윤과 연지와 그들만 깨어 있는데 그네들은 연지 일행을 모른 척하고 있었다. 학년도 비슷한 같은 나이대의 젊은이들이 통로 건너 쪽은 별개의 인종으로 대하고 있는 것도 모자라 아예 투명인간 취급을 다섯 시간 동안 내내 했다.

윤도 무참한 마음을 조금이라도 위로받고 싶었는지 연지에게 자꾸 말을 걸었다. 연지가 들은 척도 하지 않고 입만 뾰족하게 내밀고 있어 윤의 마음은 벼랑으로 떨어진 듯 아득하기만 했다. 차라리 그때 연지가 그네들 보란 듯이 윤과 가까운 척이라도 했더라면 어찌 되었을까. 적어도 그쪽 남자들이 윤을 부러워하는 마음이라도 있을 테다. 연지는 마지막 구원투수를 기다리는 것처럼 시종일관 윤과는 아무 사이도 아니니 오해하지 마세요, 이런 식으로 어필만 하고 있었다.

그게 안타까운 윤은 연지에게 다정하게 말을 걸었고 연지가 무시하고 있어도 아무렇지도 않다는 듯 창으로 시선을 돌렸다. 창 측에 앉아서 다행이란 생각이 들었다. 창은 창밖 세상이 캄캄해 보여줄 수가 없자 창안 세상을 고스란히 보여주었다. 창안 세상이 보고 싶지 않았지만 연지에게 무시당할 때마다 민망해 고개를 돌려 창을 바라보았다. 연지 마음이 보여 슬펐다. 헛꿈 꾸지 말라고 가르쳐주고 싶었지만 입으로 그런 말도 안 되는 말을 하는 게 잔인했다. 무엇보다도 똑똑한 연지는 곧 깨닫게 될 테니 굳이 말할 필요도 없었다.

윤은 간담회장에 배치된 의자를 본 순간 그때 벌써 깨달았다. 꼬리표는 절대 뗄 수 없겠구나. 가장 순수해야 할 이곳에서도 꼬리표가 길게 달려 있구나 싶어, 그냥 그 자리를 박차고 나오고 싶었다. 그때 아버지 얼굴이 떠오르지 않았다면 연지의 손을 강제라도 부여잡고 그 자리를 떨쳐나왔을 것이다. 가장 늦게 들어온 학생도 어쩌면 가장 끄트머리에 자리가 배치된 것을 보고 앉지도 않고 분연히 되돌아나왔겠다는 생각이 들었다. 로비로 나와 거리를 배회하며 머리끝까지 올라간 참담한 심정을 다스렸지만 그의 아버지 때문에 도살장에 끌려가는 소처럼 다시 돌아왔겠다고 생각했다. 십중팔구 그 학생의 아버지도 광부일 테다.

연지는 학교에서 퀸카로 소문이 났다. 실제로 5월 학교축제에서 퀸으로 뽑혔었다. 왕관을 쓰자 세상이 자기 것인 양 착각해 윤은 안타까웠다. 옆에서 쏙닥거린다고 대회에 참가하는 꼴이라니. 여왕으로 뽑혔다고 정말로 여왕이 될 것 같으면 세상은 그래도 살 만할 터이지만 그런 세상은 이미 사라지고 없다는 걸 윤은 깨달았다. 배치된 의자를 보자마자 얼굴이 하얗게 변하는 연지를 보지 않는 척 보면서 이 자리에 꿋꿋이 앉아 있는 걸로 결정했다. 그러니까 아버지 얼굴보다 연지 때문에 더 자리를 박차고 나올 수 없었다. 이 자리에 앉아서 연지가 오매불망 원하고 있는 세상은 처음부터 도달할 수 없는 신기루라는 걸 깨닫게 해주고 싶었다.

그런데 기차 안에서까지 미련을 떨치지 못하는 게 안타깝고 서글퍼 연지가 싫어하는 걸 알면서도 자꾸만 말을 붙였다. 통로 맞은편에 앉아 있는 남자들도 연지가 얼마나 아름다운지 이미 알고 있었다. 어렸을 때 살았던 대연에 가보고 싶은 마음도 연지 때문이란 걸 그녀만 모르지 윤은 단번에 알아차렸다.

　간담회가 끝나자 진행자는 꽁지에 앉히고 간담회 내내 한마디도 말을 붙이지 않아 미안했던 모양이다. 먼 길에 수고가 많았다며 서울에 온 김에 천천히 서울 구경을 하고 내려가라고 했다. 윤은 재깍 곧바로 내려갈 거라고 대답했다. 그러자 그는 눈을 동그랗게 뜨고 내려가는 차편이 있냐고 물었다.

　주위에 광산이 우후죽순처럼 개발되어 다른 것은 모두 부족해도 기차만큼은 원없이 탈 수 있는 곳이었다. 석탄을 반출하기 위해서였다. 석탄을 캐는 광부와 그 가족을 실어나르기 위해서였다. 그들에게 필요한 먹거리 등을 포함한 온갖 물품들이 기차로 들어왔다. 문제라면 서울과의 거리가 너무 멀어 서울에서 하루만에 볼일을 다 보고 내려가자면 밤 기차를 이용해야 했다. 요즈음 해외여행에서 인기 있는 상품인 무박 프로그램의 원조인 셈이었다.

　바쁠 거도 하나 없는 윤이 그답지 않게 이성을 잃는 순간이었다. 옆에 서 있던 남학생들의 눈이 반짝거리는 것을 본 순간 아차 실수했구나 싶었다. 수습할 길이 없었다. 눈빛이 유난히 반짝거리던 남학생이 자기도 이참에 어렸을 때 살았던 대연에 가보고 싶다고 했다. 그러자 그 주위에 있던 남학생들도 일제히 같이 가자고 너도나도 나서는 모습을 멍청하게 바라보기만 했다.

 더 기가 막힌 일이 일어났다. 연지 눈이 반짝였다. 지금껏 세상 모든 시름과 근심을 홀로 업고 있는 듯한 얼굴이 한순간에 환해지며 뺨이 발그레하게 상기되었다. 연지가 기분이 좋아지는 일이라면 윤도 나쁠 것도 없겠지만 마음마저 말끔하지는 않았다. 지금껏보다 더 큰 낙심이 일어날 것만 같은 무지막지한 예감 때문이었다. 그래서 윤은 더 연지를 보호해야겠다는 생각을 굳건히 했고 그 밤 기차 안에서 한잠도 자지 않고 눈을 부릅뜨고 있었다.

 어느 순간 통로 건너편 사람들도 모두 자고 있었지만 연지는 허리를 꼿꼿이 세운 채 앞만 바라보고 있었다. 연지 보고 잠을 좀 자라고 말할 수가 없었다. 말을 붙이는 순간 지금껏 독을 쓰며 참고 있었던 눈물이 터질 것만 같았다.

 종착역을 알리는 기내 방송보다 새벽 기운이 뺨으로 먼저 스쳤다. 객실 천장에 붙어 있는 형광등도 새벽이 되자 졸음에 겨워 파리하게 변해가는 듯했다. 이윽고 종착역을 알리는 승무원의 목소리가 나지막하면서도 분명하게 들려왔다. 사람들은 주섬주섬 일어나 옷을 입고 선반에 올려둔 짐을 챙기며 내릴 준비를 했다. 통로 건너편의 그들도 일제히 잠에서 깨어나 두리번거렸다.

 이번에는 연지가 제일 먼저 일어섰다. 통로 건너편의 그들에게 일별도 하지 않고 또각또각 구둣발 소리를 내며 지나가 출입문 앞에 서 있었다. 윤도 주섬주섬 일어나 연지 뒤를 따라 그 뒤에 섰다. 연지처럼 통로 건너쪽은 쳐다보지도 않았다. 윤은 이런 태도가 썩 마음에 들지 않았다. 그들과 똑같은 행동을 한다는 것도 잘 알았지만 연지 편을 들어주고 싶었다. 통로 건너편의 남자들 시선이 일제히 윤의 뒤통수에 꽂혀 있다는 걸 보지 않고도 느낄 수가 있었다.

비얌

# 비얌

 여자가 가르쳐준 돌산은 구름이 쉬어갈 정도로 높았다. 그 돌산 바로 밑에는 메밀밭이 넓게 펼쳐졌다. 돌산 들머리가 메밀밭 윗머리인 셈인데 거기에 아주 촘촘한 그물을 돌산을 빙 둘러 감싸듯이 길게 설치했다. 누구에게는 길목이면서 치명적이었다. 돌구멍에 숨어 있던 놈들이 물을 찾아 산밑으로 내려오다가 들머리에 설치된 그물에 걸려 오도가도 못하게 하는 방식이었다.
 며칠에 한번씩 비료포대와 집게를 들고 그놈을 잡으러 갔다. 운이 좋은 날에는 비료포대가 묵직하도록 잡아들였다. 들머리에서 기다리고 있던 여자는 비료포대 모양만 보고도 깔깔 웃었다. 웃을 때마다 분가루가 풀풀 날렸다. 돌산 들머리이면서 메밀밭 꼭대기에 있는 영양탕집에는 그걸 기다리는 사람이 꼭 있었다. 그들은 직접 눈으로 그놈을 확인했다. 물러서지도 눈을 돌리지도 않았다. 웬만한 사람들은 그놈의 말만 들어도 몸이 저절로 오그라들고 치를 떨었다.
 여자들은 그놈이 흉측한 몸뚱어리를 서리서리 감고 혀를 날름거리고 있는데도 두 눈 똑바로 뜨고 바라보았다. 나이라도 많이 먹었다면 세월이 준 바람결에 닳고 닳아 그렇다고 치지만 젊은 여자들이 마치 진열장 속의 골동품을 품평하듯이 물건을 품평했다. 아마 만져보라고 하면 조금도 망설이지 않고 만져보고도 남을 기세였다. 대부분의 손님처럼 여자들도 그게 온전히 가마솥에 들어가는 것까지 확인했다. 도시에 사는 돈 많은 사람은 속고만 살았는지 어쩌면 돈을 벌기 위해 다른 사람들을 많이 속였는지 자기 눈으로 보지 않은 것은 믿으려고 하지 않았다.

그날은 특별히 더 신경쓰라고 했다. 그는 여자가 무슨 말을 해도 명령하는 것으로 들렸다. 그건 절대로 다른 생각을 못하게 하는 마법이 숨어 있는 말투였고 몸을 저절로 옹송그리게 했다. 손이 큰 손님인데 피부에 좋다고 하면 죽은 제 자식도 삶아먹을 여자라고 흉을 보기도 했다. 그녀가 소개해주는 손님만 해도 어마어마하게 많아 특별히 잘해야 한다고 덧붙였다. 하도 많이 먹어봐서 맛만 보고도 어떤 놈이 몇 마리 들어간 줄 알 거라며 입을 삐죽였다. 분명 여자끼리 올 것 같지도 않다며 그의 눈앞에 오동통한 새끼손가락을 흔들어 보이기도 했다. 자기 말이 맞는지 안 맞는지 내기해도 좋다고 했다. 뭐 내기씩이나. 그놈들이나 그물에 많이 걸리면 될 일이었다.

동식에게 처음으로 그놈을 잡아오라던 사람은 영양탕집 여자였다. 그놈이라면 생각만으로도 온몸에 소름이 오소소 돋을 정도로 질겁했지만 다른 방법은 없었다. 메밀꽃이 흐드러지게 피어 있는 돌밭만 그의 것이 될 수 있다면 더한 것도 했을 테다. 메밀밭이 그에게 숨구멍이었다.

지도에도 지명이 나와 있지 않은 곳이었다. 마지막 가는 길치고는 마음에 들었다. 흔적이 없어야 뒤에 남은 사람도 편할 테니까. 그때 돌산이 눈앞에 느닷없이 나타나 자기도 모르게 액셀러레이터를 밟았다. 돌산이 고라니나 멧돼지처럼 저절로 움직여서 그의 앞을 막은 듯싶었다. 우뚝 서 있는 산 때문에 생각도 하얗게 멈추었다. 기껏 한 행동이 자동차 창문을 슬슬 내리고 고개를 한껏 내밀어 눈앞에 거대하게 서 있는 산 한번 쳐다보고 그것이 찌르고 있는 하늘 한번 쳐다보는 게 다였다.

조금 전까지 맑았던 하늘이 비라도 쏟아질 듯이 어두침침했다. 돌산은 높이뿐 아니라 덩치도 가늠할 수가 없을 정도로 커다래서 위압적이었다. 하얀 안개가 높은 산중턱을 휘감고 있어 신령스러워 보이기까지 했다. 산을 휘감은 안개조차 예사로 보이지 않았다. 산속 어디쯤 도사리고 있는 어마어마한 무엇이 불을 품고 있다가 때가 되면 화산처럼 붉은 불을 펑 터트릴 것만 같았다. 그걸 뒷받침하는 듯 산 정수리에서 안개인지 연기인지 모락모락 피어올랐다.

그런데 그것으로 끝났다면 이리 안달복달하지 않았을 것이다. 산 아래로 한눈에 다 들어오지 않을 정도로 넓게 펼쳐진 하얀 꽃밭은 이미 저승길에 접어들었나 싶을 정도로 몽환적이었다. 뜬금없이 메밀밭이 탐났다. 그거만 손에 넣을 수만 있다면 다시 살아낼 용기가 생길 것만 같았다.

영양탕 여자는 그것을 잡는 방법도 세세하게 가르쳐주었다. 집게로 그놈의 대가리를 눌러 집는 방법을 가르쳐줄 때는 실제로 항아리에 가두어둔 뱀을 꺼내놓아 동식은 질겁했다. 가을 무렵에 떨어진 가랑잎 같은 색깔에 몸 길이가 1m는 될 것 같은 뱀을 그녀는 한 손으로 둘둘 감아 동식의 눈앞에 들이댔다. 누룩뱀이라 독이 없다고 낄낄 웃는데 웃을 때마다 분가루가 자꾸 풀풀 떨어졌다. 웃음소리가 소름이 끼칠 정도로 섬뜩했다.

그놈의 주 서식지인 돌산은 영양탕집 여자의 어미가 물려준 산이었다. 그녀 어미는 그녀 어미의 어미에게서 물려받았다, 그녀 어미와 그녀 어미의 어미는 돌산을 차지하기 위해서 온갖 엄살에 협박과 치졸한 행동도 마다하지 않았다. 금전적으로 가치가 있어서 욕심낸 것은 아니었다. 이건 그런 속물적인 것을 놓고 논할 산이 아니었다. 돌산 꼭대기는 아무도 밟아보지 못한 신령스러운 곳이었다. 그것은 그 누구도 허락하지 않는다는 뜻과 마찬가지였다. 신비한 산으로 여겨 그걸 차지하고 있는 사람도 덩달아 특별한 사람으로 취급받았다.

한 세대가 흐르고 또 한 세대가 지나면서 자연스럽게 삶의 성질과 터전이 돌산과 점점 멀어졌다. 하지만 돌산을 소유하고픈 욕망은 피처럼 대대로 유전되었다. 그녀의 어미는 돌산을 욕심내는 그녀 어미의 형제자매뿐 아니라 그녀 어미의 당숙과도 피가 터지도록 싸워 돌산을 지켜냈다. 반면에 그녀는 어미와 달리 어떤 투쟁도 없이 저절로 떨어져 잔뜩 비축해두었던 힘을 쓸 곳이 없어 허망했다. 돌산으로 인해 겪게 될 딸의 앞날이 걱정되어 외동으로 만들어버린 그녀 어미의 지략이라면 지략이었다.

허망하다고 해서 허망 속에 풍덩 빠져 있을 그녀가 아니었다. 누군가가 태클을 걸어오면 그 어미처럼 맞서 싸울 힘은 넘치고도 넘치는데 그 힘을 쓸 상대가 없자 돌산 자락에 펼쳐진 돌밭이 자연스럽게 눈에 들어왔다. 그때 어디선가 돌산과 돌밭은 원래 한 몸체라는 소리가 들려왔다. 돌밭을 손에 넣으라는 계시를 받은 듯싶었다. 그러자 그녀는 제정신이 아니었다.

돌밭에는 메밀꽃이 한창이었다. 사실 그녀가 꽃을 좋아하는 성향은 아니었다. 어떤 식으로든지 몸속에 비축해두었던 에너지를 써야 했다. 나이 고작 스물도 되지 않았지만 욕망은 활화산처럼 불타올랐다. 돌밭의 시세는 그 넓이에 비해 다른 기름진 땅보다 훨씬 가격이 쌌지만 거저는 아니었다. 얼마를 내놓고 거래를 해야 하는 일은 쉬울 리가 없었다. 한 자락 불어온 바람에 메밀꽃은 거대한 뱀처럼 술렁거렸다.

메밀밭 꼭대기에 나지막하게 엎드려 있는 굴피집으로 그녀는 무조건 찾아갔다. 삭정이 울타리가 굴피집을 빙 둘러싸서 멀리서 보면 굴피 지붕만 보여 돌밭과 굴피집이 한몸처럼 보였다. 돌산이 어느 한 시절에 아무도 모르게 알을 낳아놓고 그녀를 기다리고 있었던 것 같았다. 대문은 없었다. 방은 흙벽이었고 눈먼 노인 한 명과 노인의 아들로 보이는 젊은 남자 한 명이 흙벽에 등을 기댄 채 앉아 있었다.

그녀는 대뜸 집 앞에 펼쳐진 메밀밭을 사고 싶다고 했다. 젊은 남자보다 눈먼 노인이 눈을 둥그렇게 떴다. 흰자위밖에 보이지 않는 눈을 한참이나 희번덕하게 뜨고 골똘히 생각하는 듯싶었다. 그녀는 조바심이 났다. 거절할 것이 분명해 보였으니까. 부자의 형색이나 방안의 물건으로 봐서 이 집에 필요한 것은 아무것도 없어 보였다. 필요한 것도 그것을 사용할 줄 아는 사람에게나 필요한 것일 테니까. 그런데 노인의 입에서 뜻밖의 말이 나왔다.

"사고 싶으면 사면 되지…."

귀를 쫑긋하지 않으면 들을 수가 없는 말을 눈먼 노인이 웅얼거렸다. 깊은 동굴 속에 백 년 동안 갇혀 있었던 듯 음침한 소리였다.

"목소리를 들어보니 시집도 안 간 처자 같은데 우리 부자에게 필요한 것은 아무것도 없는데."

부자지간일 거라고 짐작했지만 노인 입에서 부자라는 단어가 나오자 그녀는 첫 번째 관문을 하나 통과한 듯 자신감이 붙었다.

"처자는 우리에게 뭘 주고 그 돌밭을 가지려고 하나?"

"네?"

"날강도처럼 빼앗아가려나?"

"네?"

"우린 필요한 게 아무것도 없어."

"네."

그녀는 할 말이 없어 난감했다. 그럴수록 그 돌밭이 탐이 나서 입이 바싹바싹 말랐다. 마치 왜 이제 찾아왔냐고 질책하는 것만 같았다. 눈먼 노인은 이런 그녀의 모습을 본 듯이 아들에게 눈짓했다. 아들은 벌떡 일어나서 밖으로 나가더니 바가지에 물이 철철 넘치도록 떠왔다. 그녀는 두 번도 사양하지 않고 그 물을 벌컥벌컥 들이켰다. 노인도 그녀만큼 목이 말랐는지 다시 입을 뗐다.

"우리에게 필요한 게 딱 한 가지가 있긴 하지."

"뭐라도 구해올게요."

그녀가 득달같이 대답했다.

"아, 누가 들으면 우리를 날강도라고 하겠네."

"네?"

"우리에게 필요한 것은 딱 한 가지 바로 젊은 처자야. 아들과 짝을 지어 살아갈 처녀밖에 없지."

눈먼 노인은 그 말을 끝으로 다른 말은 하지 않을 작정인지 아예 옆으로 돌아앉았다. 방이 뒷박만 해서 노인의 코가 흙벽에 닿을 듯 아슬아슬했다. 그녀도 갖고 있는 것은 몸뚱이밖에 없는 처지였다. 내심 이거라도 내밀고 싶은 심정이었는데 그쪽에서 그리 나서자 안도의 한숨이 저절로 나왔다. 그래서 조금도 생각해보지 않고 대뜸 그리하겠노라고 대답해버렸다.

선선한 그녀의 대답에 오히려 눈먼 노인과 젊은 남자는 믿어지지 않는 모양이었다. 눈먼 노인은 흰자위만 보이는 눈동자를 굴리며 가만히 있었고 젊은 아들도 둥그런 눈을 더 둥그렇게 굴리며 그녀를 이리저리 살폈다. 그러다가 큼큼 헛기침하자 그 소리가 신호인 양 눈먼 노인도 큼큼 헛기침했다. 꼭 둘이 모스부호를 주고받는 느낌이었다.

아무리 둘러봐도 탐나는 것 하나 없는 세간이었다. 아니 세간 자체가 없었다. 방 귀퉁이에 둘둘 말린 이부자리와 바람벽에 걸린 옷가지가 전부였다. 코쿨이 구석에 있어 밤에 불은 켤 듯싶어 그나마 다행이란 생각이 들었다. 점심때가 겨우 지났지만 해는 이미 넘어가 우중충한 방안이 더 우중충해 보였다. 돌밭에 금덩이가 묻혀 있지 않고는 불가능할 것 같은 거래였지만 그녀는 그럴수록 더 돌밭이 탐이 나서 안절부절못하였다. 눈먼 노인은 눈치도 빨라 한번 더 쐐기를 박듯이 말했다.

"처자가 우리 아들과 살게 되면 그 땅은 저절로 우리 아들 땅이면서 아들의 색시인 처자의 땅이 되겠지."

노인의 말은 그녀에게 직방이었다. 그녀는 조급증이 일었다. 그래서 한번 더 그녀의 마음을 확인시켜주기 위해 고개를 힘차게 끄덕였다. 노인이 보지 못하겠다는 생각에 큰소리로 오늘부터 당장 살겠다고 했다.

잠시 싸한 정적이 흘렀다. 그녀는 겁이 났다. 지금까지 그냥 사람 한 명 찾아오지 않는 깊은 산골이라 심심해서 장난 한번 쳐봤다고 낄낄 웃을 것만 같았다.

무슨 거래이든 간에 입에 뭐가 들어가야 분위기가 부드러워지고 성사도 쉽게 된다는 사실을 그녀의 어미를 통해 배웠다. 그녀는 머리를 굴렸다. 해가 완전히 꼴깍 넘어가기 전에 저녁밥부터 짓겠다며 쌀이 어디 있는지 가르쳐달라고 했다. 그 소리는 들은 척 만 척하고 눈먼 노인은 다른 말을 했다.

처자를 위해 세간살이와 옷도 다 준비해두었다고 했다. 아들에게 보여주라고 하자 아들이 그녀의 눈치를 살피면서 쭈뼛거렸다. 노인이 다시 재촉하자 아들이 바로 옆방의 장지문을 펄떡 열고 들어가서 그녀에게 들어오라는 고갯짓을 했다. 그녀도 벌떡 일어나서 젊은 남자를 따라 문지방을 넘어 들어갔다. 문지방이 천장에 닿을 듯이 높아 다리를 한껏 들어야 했다.

반닫이 하나가 덜렁 곰처럼 웅크리고 있었지만 이 집에 들어와서 처음 본 세간이었다. 그 위에는 역시 이 집과 어울리지 않게 반듯하게 개켜진 이불 한 채가 덜렁 올라앉아 있었다. 그새 해는 꼴깍 넘어가 방안이 더 어둑어둑해서 이불 색깔은커녕 잘 보이지도 않았다. 아들은 반닫이 문을 열어젖혀놓고 그 안을 들여다보라고 손짓했다.

옆방의 눈먼 노인이 그년이 뱀처럼 빠져나가느라 옷을 못 가지고 갔다며 옷은 이제 처자가 주인이라고 선심쓰듯이 말했다. 천상 뱀이었을 거라고 했다. 뱀이 허물 벗듯 껍질을 홀라당 벗어놓고 알몸뚱아리로 나갔다며 노인은 같은 소리를 비슷하게 자꾸 했다. 뱀처럼 허물만 벗어놓고 나간 여자도 필시 돌밭에 관심이 있었을 거라고 그녀는 제멋대로 생각했다. 하마터면 뱀 같은 여자에게 돌밭을 빼앗겼을 거라는 생각이 들어 그녀도 모르게 몸이 부르르 떨렸다.

저녁 안 하고 뭐하냐는 노인의 소리에 그때야 눈먼 노인 손에 고지 바가지가 들려 있는 것이 보였다. 바가지 안에는 참나무 껍질가루 같은 게 담겨 있었다. 국수를 만들어 먹자고 했다. 자고로 잔칫날에는 국수를 먹어야 오래 사는 법이라고 덧붙였다. 뱀 같은 그년을 들일 때 국수를 삶아 먹지 않아 허물만 홀라당 벗어놓고 사라졌다고 한 말을 또 하면서 또 무슨 말을 할 듯이 입을 오물거렸다. 반닫이 문을 닫는 아들의 손길이 거칠어지자 그쪽을 흘끔 보고는 입을 쏙 닫고 배고프다며 서둘라고 했다.

얼떨결에 바가지를 건네받은 그녀는 방문을 열고 나가 부엌으로 보이는 곳으로 들어갔다. 널판으로 둘러싼 부엌은 가마솥 두 개가 걸린 부뚜막이 흙으로 발라졌고 봉당도 흙바닥이었지만 의외로 깔끔했다. 어찌 방안보다 부엌세간이 더 많았다. 나무 벽에 걸린 구박을 내려 옆의 물 초롱에서 물을 한 바가지 꺼내 반죽을 하는 동안 젊은 남자는 자작나무 장작을 한아름 안고 와 불을 땠다. 바싹 마른 장작은 금방 자작자작 소리를 내면서 불꽃을 피워 올렸다.

봉당 구석에 세워둔 안반을 내려놓고 그 위에 홍두깨를 놓아주기도 했다. 그녀는 안반 위에 잘 반죽한 덩어리를 올려놓고 홍두깨로 쓱쓱 밀었다. 밀 때마다 탐스러운 머리채도 덩달아 흔들렸다. 늙은 호박만 한 반죽덩어리가 금방 종이쪽처럼 얄팍해졌다. 어느새 옆에 놓인 식칼로 그것을 창호지 접듯이 몇 번 접어 송송 썰었다. 술렁술렁 물이 끓는 솥에 그것을 후루룩 풀어놓고는 뚝뚝 썬 애호박과 함께 한소끔 끓여 간장 종지를 곁들여 밥상을 차렸다.

그녀는 그래도 첫날밤인데 예의상 몸을 씻어야 할 것 같았다. 장작불도 때주고 눈치껏 이것저것 찾아주며 나중에 밥상까지 방으로 날라주는 남자가 싫지 않아 더 그런 마음이 들었다. 무엇보다도 자작나무 불빛에 비친 남자의 얼굴을 흘끔 살펴보았는데 눈썹도 굵고 콧날도 반듯한 잘생긴 얼굴이라 마음이 설레기도 했다. 고집스러운 입매는 믿음직스럽기도 했다. 부뚜막에 두 개 걸린 가마솥 중에 작은 솥에는 국수를 삶았고 큰 솥에는 가마솥 가득 물이 술렁술렁 끓고 있어 그 물이 아까웠다. 그녀는 그녀 어미처럼 뜨거운 물만 보면 걸레라도 빨아야지 그냥은 절대로 버릴 수가 없었다.

바람벽에 커다란 나무 구박이 새끼줄에 꿰어 걸려 있었다. 더군다나 새벽부터 먼 길을 타박타박 걸어와 온몸이 먼지투성이였다. 나무 구박을 내려놓고 가마솥에서 뜨거운 물을 반 붓고 그 옆 초롱에서 찬물을 적당히 섞어 맞춤한 온도로 만들었다. 비누가 보이지 않아 그냥 물로만 씻었다. 허리까지 쫑쫑 땋은 긴 머리를 풀어 감고 나자 맑은 물이 금방 시커멓다.

부엌 나무문에는 구멍이 몇 군데 나 있었다. 혹시나 해서 구멍을 흘끗 쳐다보았는데 구멍으로 새까만 두 눈동자와 마주쳤다. 두 흰자위와도 마주친 것 같다. 벌거벗고 나무 구박 안에 앉아 있던 그녀는 순간적으로 개구리처럼 몸을 움츠렸다. 이내 잘못 볼 수도 있겠다는 생각도 들었다. 깊은 산골이라 불빛에 이끌려 산짐승이 내려왔을 수도 있었다. 조금 전까지 친절했던 사내들이 아니던가. 더군다나 흰자위 두 개는 말도 안 되었다.

빛이라곤 목욕을 위해 아궁이에 몇 덩이 더 넣은 자작거리며 타오르는 자작나무 불빛뿐이었으니까. 그렇지만 반들반들한 것은 분명히 눈동자였다. 그렇다고 해도 그녀는 개의치 않았다. 곧 그의 품에 안길 거니까. 오히려 자작나무가 훨훨 타오르는 불빛에 자기의 우윳빛 살결과 탐스러운 젖을 보여주고 싶었다. 실제로 반들거리는 검은 눈동자를 바라보며 움츠렸던 몸을 풀고 비스듬히 누웠다. 이내 몸을 일으켜 뜨거운 물에 담겨 있던 젖통을 고스란히 드러냈다.

하지만 여인의 몸의 정수는 그게 다는 아니지 않은가. 그거보다 더 비밀스러운 것을 보여줄 수가 없는 그녀는 안타까울 지경이었다. 두 눈을 나무구멍에 대고 몰래 훔쳐보는 사람이 젖통으로 만족할 수가 있을까. 무엇보다도 돌산 밑 돌밭도 그녀의 손에 들어온 판에 까짓것 보여주는 김에 다 보여주고 싶었다. 처음에는 벌떡 일어설까 싶었지만 눈동자가 놀라 도망칠까 싶어 망설여졌다. 자작나무가 유난스레 자작거리며 타올라 구박 주위로 환해질 때까지 기다렸다. 그것들이 일제히 자작거리며 타오르자 아궁이 앞도 환해졌다.

기회였다. 이때를 놓치지 않고 다리를 활짝 벌려 구박 테두리 양쪽에 올려놓았다. 물속에 검은 수초가 넘실거리자 양손을 뒤로 짚고 엉덩이를 살짝 들어올렸다. 여전히 나무구멍에 매달려 있는 반짝이는 눈동자를 마주 쳐다보며 샐쭉 웃어보이기도 했다. 아궁이 안에서는 주홍 불꽃이 자작자작 자작나무 타는 소리를 냈고 나무문 밖에서는 꿀떡꿀떡 침 넘어가는 소리가 들려왔다. 그녀는 그 소리가 자기 목으로 넘어가는 소리인지 나중에는 헷갈렸다.

 반들거리는 눈동자로는 만리장성도 쌓을 수 있을 것 같은 남자가 이미 잠들었는지 아니면 잠든 척하는지 기척이 없었다. 그녀도 이미 신부로서의 부끄러움도 잊고 한 행동이 넘치고도 넘칠 정도라 한쪽 귀퉁이에서 잠든 척했다.

 불 때서 방을 덥히는 온돌 구조는 전날에 아무리 아궁이가 터져나갈 정도로 장작을 넣어도 새벽이 되면 구들장이 식어 방이 춥게 마련이었다. 그것이 안타까운 어미나 아비들은 자식들이 추위 선잠에서 깰까 싶어 새벽에 가만히 문을 열고 나갔다. 뒤란에서 마른 장작을 한아름 안고 와 아궁이에 불 때는 소리를 자식들은 잠결에 자장가 삼아 들었다. 이윽고 등으로 따스하게 전해오는 온기에 햇살이 부챗살처럼 퍼질 때까지 온몸이 노글노글해지도록 잠에 빠져들게 마련이었다. 그녀도 그런 느낌이었다. 홀어머니가 새벽에 꼭 일어나 장작을 넣어주던 그때의 기억을 홀어머니가 죽고 나서는 잊어버렸는데 그 감각들을 다시 느끼고 있었다.

 새색시가 해가 중천에 떠오를 때까지 늘어지게 늦잠에 빠졌다. 노인이 장지문을 탕탕 두들기지 않았다면 아마 종일토록 잠을 잤을 테다. 새신랑이 어느새 가마솥 가득 물을 채워놓았고 감자밥도 한솥 해놓았다. 이런 상황이 새색시에게는 참으로 민망했다. 첫날밤이라 더 그랬다. 아침을 먹고 새신랑은 돌산으로 올라갔다. 산으로 들어가기 전에 신랑의 입이 마침내 떨어졌다. 신랑의 목소리를 처음 들었다. 참매미처럼 맑은 목소리를 기대하지는 않았다. 노인의 목소리를 미루어 짐작한다면 알 만했다.

짙은 눈썹 아래에 우멍하게 들어앉은 눈 같은 목소리였다. 바닥을 알 수 없는 탁한 목소리로 이제는 돌산의 임자와 함께 사니 돌산에 가서 무엇을 가지고 와도 눈치가 보이지 않을 거라고 했다. 그러자 그녀는 남편의 목소리보다 이 결혼이 그에게도 이익이란 사실에 놀라웠다. 그동안 돌산 임자는 종잇장에 돌산 임자라는 표시만 중요했다. 또 신령스러운 산이라 여겨 무엇을 가지고 나온다는 것은 상상도 하지 못했다.

새신랑이 돌산에 올라간 후에 새색시는 노인과 좁은 방에 앉아 있기에 뭐해서 때가 찌들어 본래의 색을 알 수가 없는 노인의 바지저고리와 남편의 옷을 주섬주섬 거두었다. 노인이 낌새를 알아챘는지 그 자리에서 입고 있던 바지저고리를 홀라당 벗었다. 보이지 않는 사람은 자기 몸이 알몸일지라도 상관이 없다고 쳐도 그녀는 난감했다. 갈아입을 여벌의 옷이 보이지 않아 더 기막혔다. 하지만 도로 입으라고 할 수 없을 정도로 옷은 언제 물맛을 봤는지 알 수가 없을 지경이었다.

흙벽 아래에 둘둘 말린 채 널브러져 있는 무명 이부자리도 둘둘 풀어 홑청을 뜯어 그것과 함께 구박에 담아 머리에 덜렁 이고 냇가를 찾아나섰다. 무엇인가가 뒤따라오는 기척에 그녀는 뒤돌아보았다. 하얀 산 하나가 주섬주섬 따라왔다. 홑청이 뜯긴 이불 속을 뒤집어쓴 채 노인이 그녀 뒤를 지팡이 하나에 의지한 채 졸졸 따라왔다.

돌산 자락답게 길이고 밭이고 지천이 크고 작은 돌이 널렸지만 노인은 돌멩이 하나에도 걸려 넘어지지도 않았다. 그녀가 혹 단벌밖에 없는 옷가지와 이부자리를 들고 도망이라도 갈지 지켜보는 것만 같았다. 어젯밤부터 보이지 않는 비누 대신 잿물을 만들어 옷을 빨아 잡초가 우묵한 마당가 삭정이 울타리에 척척 걸쳐놓자 지나가는 바람도 시원한지 슬쩍 건들고 갔다.

해가 서산마루에 가 있자 그게 신호인 양 새신랑이 돌산에서 내려왔다. 손에는 커다란 구렁이 한 마리가 들려 있었다. 그녀는 그림책에서나 존재할 것만 같은 커다란 구렁이를 생전 처음 맞닥뜨렸다. 그림책의 그것과 같은 것이었지만 그림책의 것은 그냥 흉측한 것으로 끝난다면 이것은 한마디로 사특했다. 그녀는 그것에서부터 숨고 싶은 마음에 부엌을 돌아 뒤란으로 도망갔다. 눈먼 노인은 그것의 모양새를 보지도 않고 짐작하는지 아주 반색했다. 함박웃음에 쪼글쪼글한 얼굴이 더 쪼글쪼글했다.

그 바람에 어깨에 둘린 이불솜이 흙바닥에 주르륵 흘러내려 노인의 알몸이 고스란히 드러났다. 노인의 몸은 나뭇가지에 가죽만 뒤집어쓴 꼴이었다. 피부는 쭈글쭈글했고 뱀 껍질처럼 번들번들하면서 비듬이 허옇게 일어나 곧 우수수 떨어질 듯했다.

검버섯이 노인의 얼굴만큼 온몸에도 빽빽해 뱀을 맞닥뜨렸을 때처럼 그녀도 모르게 얼굴을 돌렸다. 아들은 노인의 행색을 한번 흘끔 바라보면서도 표정이 변하지 않았다. 그놈을 손으로 몇 번 쭉쭉 훑어내렸다. 마지막으로 물에 한번 씻어낼 동안 한 손으로는 그놈의 모가지를 달랑 들고 나머지 한 손으로 이 모든 일을 다 했다.

뒤란으로 도망갔던 그녀도 징그러운 마음보다 호기심이 더 위에 있어 다시 살금살금 마당으로 나와 지켜보고 있었다. 아들은 그것을 부엌 가마솥에 집어넣고 가마솥 뚜껑 손잡이 위에 다듬잇돌을 올려놓았다. 다듬잇돌은 작두 탄 무당처럼 좁은 면적에 올라앉아도 넘어지지 않았다. 마른 장작을 아궁이 가득 넣고 불을 지피자 금방 탁탁 소리를 내면서 장작이 타올랐다. 가마솥 안에서 둔탁한 소리가 맹렬하게 들려왔지만 자작거리며 타는 자작나무 소리에 서서히 묻혀갔다. 가마솥에서 김이 오르자 다듬잇돌을 내렸다.

벌거벗은 노인은 부엌 봉당에 쭈그리고 앉아 이 모든 것이 보인다는 듯이 지켜보고 있었다. 아궁이 불땀으로 노인의 알몸이 뜨거우면 앉은걸음으로 뒤로 한번 나앉았다가 금방 다시 아궁이 쪽으로 앉은걸음으로 바투 다가왔다. 꼭 누가 가마솥에 들어앉아 있는 그것을 홀랑 먹어치울까봐 지키고 있는 모양새였다. 앉은걸음을 할 때마다 노인의 가운데에 있는 물건도 같이 덜렁 움직였다. 아궁이에서 나오는 붉은 불꽃이 그것을 삼킬 듯 기세등

등했다가 어느 순간 안온한 불빛으로 어루만지는 것만 같았다.

　남편이 한 달이나 계속 소 닭 보듯이 그녀를 맹숭맹숭 대해 그녀는 가마솥에서 뒤채던 커다란 구렁이가 생각났다. 뱀탕은 노인의 아들이 먹어야 할 듯싶었다. 아들이 먹기 위해 잡아오는 그놈을 물색없는 아버지가 빼앗아먹어 아들은 날마다 돌산으로 그놈을 잡으러 가는 듯싶었다.

　뱀독처럼 약이 잔뜩 오른 그녀는 삭정이 울타리 밖으로 나가는 남편 뒤를 따라나섰다. 단풍이 먼 산부터 날마다 다섯 걸음씩 내려오더니 이제 집 뒤 돌산에도 피를 뿌린 듯 붉었다. 그날 아침에는 첫서리가 하얗게 내려앉았다. 곧 단풍이 시들시들 말라갈 것이고 그놈도 돌산의 돌구멍으로 들어갈 날이 얼마 남지 않았다. 결혼한 지 한 달 하고도 열흘이 지났지만 합방 비슷하게도 하지 못해 안달이 났다. 떡 벌어지게 남들 앞에서 사모관대를 쓰고 결혼식을 올린 것도 아니니까. 결혼을 물릴 수도 있겠다는 생각 때문이다. 돌밭이 날아갈 것이다.

　아침 밥상을 물린 노인이 단잠에 빠졌을 때가 기회였다. 뱀을 잡게 되면 그 자리에서 구워 먹일 작정으로 성냥과 소금도 챙겼다. 마른 나뭇가지는 산에 지천이었고 소갈비가 바닥에 폭신폭신 쌓여 발목이 폭폭 빠질 지경이었다. 남편은 이런 그녀를 흘끔 한번 쳐다볼 뿐 가타부타 말이 없었다. 그녀가 돌산을 헤매고 다녀서인지 아니면 남편이 잡을 생각이 없어서인지 점심도 거른 채 돌산을 헤맸지만 그놈들은 보이지 않았다. 자꾸 내려가자는 남편의 말을 무시하고 돌산의 돌을 다 헤집을 양으로 쑤셨다. 돌산 들머리에서 염소 울음 같은 노인의 헛기침 소리만 나지 않았다면 온산을 헤집을 요량이었다.

　노인의 행동이 거칠었다. 무언가가 못마땅해서 살피는 몸짓이 두 눈이 잘 보이는 정상인과 똑같아 섬뜩했다. 혓바닥을 내밀고 날름거릴 때는 천상 늙은 뱀을 보는 듯했다.

　그날 밤 축축한 혓바닥이 그녀 목덜미를 헤집었지만 그녀는 가위눌린 사람처럼 꿈쩍도 할 수 없었다. 먼동이 새파랗게 트자 남편이 다른 날과 달리 아침도 먹지 않고 산에 올라갔다. 그녀는 머리맡에 곰처럼 웅크리고 있는 반달이를 물끄러미 바라보며 그것을 내던져놓고 뱀처럼 떠난 여자를 잠깐 생각했다. 돌밭에 하얗게 일렁이던 메밀도 진작 서리가 내려앉아 시커멓게 말라갔지만 남편은 본 척도 하지 않고 돌산에만 올라갔더랬다. 그날 그녀는 온종일 낫으로 메밀을 벴다. 노인은 여느 날과 마찬가지로 그녀 주위를 바지랑대 위의 고추잠자리처럼 맴돌았다. 그날 남편은 돌산에서 내려오지 않았다.

　남편이 없어도 그녀는 돌밭 때문에 집을 떠날 수가 없었다. 이제 노인이 그녀에게 뱀을 잡아오라고 했다. 말을 듣지 않으면 짚고 다니는 지팡이로 사정없이 때렸다. 그녀의 몸은 이미 구렁이로 휘감은 듯 멀쩡한 곳이 없었다. 남편과 딱 한번 그놈을 잡기 위해 돌산에 올랐을 때는 보이지 않던 것이 희한하게도 눈에 잘 띄었다. 절박하면 눈에 총기가 이는지 아니면 그놈이 이런 그녀가 불쌍해서 스스로 몸을 보여주는지는 알 수가 없었다. 그놈은 별 저항 없이 그녀의 손에 잘 잡혔다.

그것을 남편이 하던 대로 한 손으로 그놈의 대가리를 잡고 몸통을 쫙쫙 훑어 내리면서 씻어 가마솥에 안쳤다. 가마솥의 동그란 손잡이 위에 작두 타는 무당처럼 다듬잇돌을 조심조심 올리고 불을 때는 동안 눈먼 노인은 옆에서 지켜보는 듯 있었다. 그것이 흐물흐물하게 녹아내릴 때까지 몇 시간이고 아궁이 앞에 앉아 있다가 마침내 다 되었다 싶으면 그녀에게 그것을 건져 베 보자기로 꼭 짜라고 시켰다. 실수로 한 방울이라도 흘렸다 하면 그것을 본 듯이 지팡이가 사정없이 그녀의 등짝에 떨어졌다. 그리고 밤새도록 그녀의 몸뚱어리를 뱀처럼 휘감았다.

돌산 아래 돌밭에 있는 굴피집은 서향이라 햇볕이 짧게 머물렀다. 반면에 겨울은 아주 길었다. 긴 겨울 동안 마치 동면하는 것처럼 노인은 그녀의 몸뚱어리를 감고 사흘을 내리 잤다. 그러다가 국수를 끓이라고 했고 수제비를 만들라고 했다. 그녀가 메밀가루로 국수를 대충 만들면 같이 말없이 먹고는 또 삼 일을 그냥 내처 그녀의 몸뚱이를 서리서리 감고 잠만 잤다.

잠도 이력이 붙는지 사흘이 보름이 되고 한 달 동안 잠만 자기도 했다. 노인과 그녀가 뱀처럼 잠만 자는 동안 굴피로 이은 지붕 처마에는 골을 따라 고드름이 죽순인 양 쑥쑥 자라 바닥까지 닿았다. 그것이 어느 날부터 이따금 툭 맥없이 부러지는 소리를 들으면서 잤다. 툭 툭 고드름 떨어지는 소리가 자주 들리던 날 마침

내 그들도 긴 동면에서 깨어났다.

깨어나자마자 노인이 내준 메밀가루로 반죽을 해서 국수를 만들어 먹었다. 긴 트림 후에 노인이 건네준 자루를 들고 돌산으로 올라갔다. 미처 동면에서 깨어나지 못한 그놈들을 포대 한가득 담았다. 돌산 들머리에서 꼬박꼬박 졸고 있던 노인은 그녀가 건네준 포대를 들어보고는 입이 합죽이처럼 벌어졌다. 오랜만에 삭정이 울타리 밖으로 구수한 냄새가 흘러나갔다. 틈틈이 돌밭을 일구는 일도 그녀의 몫이었다. 노인이 아궁이 앞에 앉아 가마솥을 지키고 있을 때 그녀는 돌밭에서 쇠비름이나 여뀌를 뽑고 괭이질을 했다. 메밀 싹이 푸릇푸릇해지며 바람결에 파도를 타듯이 일렁이자 그녀의 마음도 오랜만에 편안했다. 돌밭을 지켜야 하는 이유였다.

메밀꽃이 하얗게 타오르는 아침에 그녀는 또 돌산으로 올라갔다. 이번에는 노인의 지팡이가 아닌 자진해서 일어난 일이었다. 잎사귀에 조롱조롱 달라붙은 이슬방울을 긴 혀로 날름거리고 있는 그놈이 눈에 들어왔다. 푸른 잎사귀와 잎사귀 사이였다. 잎사귀 색과 그놈들의 몸뚱어리가 똑 닮아 세세하게 살피지 않으면 지나치고 말 일이었다. 그날도 자루 가득 잡아왔다. 이번에는 아궁이에 걸린 가마솥이 아니었다.

노인의 방에 뱀자루를 던져놓고 방문을 꼭 닫았다. 노인이 돌산 들머리에 마중을 나오지 않아 화가 나 그랬는지는 그녀도 알 수가 없었다. 노인답지 않게 낮잠에 빠져 있었다. 베 바지 사이로 노인의 시커먼 그것이 눈에 띄자 정신이 번쩍 들었다. 대낮인데도 그놈의 머리처럼 고개를 빳빳이 쳐들고 있었다. 혀가 있다면 혀도 날름거렸을 테다.

홀로 된 그녀는 이제 살판이 났다. 이제 돌산과 돌밭이 온전히 그녀 것이니까. 나중에 그녀 어미와 그녀 어미의 어미가 고생했다고 칭찬할 것이다. 돌산으로 그놈을 잡으러 갈 필요도 없었지만 심심했다. 잡아온 뱀을 그녀 혼자 먹기는 너무 많았다. 처치가 곤란했다. 때마침 그녀의 집 앞으로 길이 나 그녀는 굴피를 걷어내고 푸른 함석으로 지붕을 씌웠다. 삭정이 울타리를 그대로 두고 그 울타리 한가운데에 영양탕집이란 간판을 걸었다. 곧 그놈만 한 사발 먹으면 회춘하더라는 소문이 소문을 낳아 그녀의 집은 문전성시를 이루었다. 그녀 혼자의 힘으로는 그놈을 댈 길이 없을 지경이었다. 고민이었다.

그러던 어느 날 그녀보다 한참 어린 젊은 남자가 나타났다. 메밀꽃이 흐드러지게 피어 돌산이고 돌밭이고 온 사방 천지가 하얀 색으로 출렁이던 날이었다. 그 남자는 메밀꽃에 이끌려 온 듯싶었다. 다짜고짜 메밀밭을 팔겠냐고 물었다. 그녀는 가슴이 벌렁거렸다. 순간적으로 주위를 살피기도 했다. 무엇인가가 있으면 그걸로 그 남자의 머리를 내리치고 싶을 정도로 살기가 돌았다. 그런 마음을 애써 누르면서 돌밭이어서 좋은 땅이 아니라고 아주 점잖게 거절했다. 그 남자는 메밀은 척박한 땅에서도 잘 자라니 상관없다고 했다. 곡식이 아니고 꽃만 필요하다고 했다. 알

싸한 향이라고 표현한 유명 작가의 말이 딱 맞다고 코를 킁킁거렸다.

  돈이 있느냐고 그녀는 물었다. 그 남자의 눈빛이 당혹스러워하는 것을 그녀는 매의 눈으로 잡아냈다. 꽃을 좋아하는 사람치고 돈 있는 사람을 본 적이 없었다. 실속이라고는 없었을 테니까. 돈이 얼마나 있어야 살 수 있겠냐고 묻는 그 남자의 목소리에는 자신감이 없었다. 돈은 필요 없다고 그녀가 말하자 안도의 한숨이 저절로 흘러나왔다. 돈 빼고는 무슨 일이라도 할 수 있다고 덧붙였다. 그녀는 속으로 쾌재를 불렀다. 남자를 꼼짝 못하게 하는 방법은 간단했다. 노인에게서 물려받은 기술이 있었으니까.

  다음날부터 그 남자는 그놈을 잡으러 돌산으로 올라갔다. 그녀는 이제 노인처럼 돌산 들머리에서 기다렸다가 남자가 잡아온 것을 받았다. 어쩌다 빈손으로 내려오는 날에는 그녀는 밧줄로 남자의 몸을 감았다. 남자의 몸뚱어리는 금방 구렁이가 감긴 듯 보였다. 그게 미안한 그녀는 밤새도록 상처를 핥아주었다. 남자는 밤새도록 자지러졌다. 밧줄이 지팡이보다 효율적이었다.

# 어떤 싸움

# 어떤 싸움

낙엽송에 단풍이 들어 골짜기 가득 노란 빛으로 차올랐다. 정자가 일 년 중에 가장 좋아하는 시절이다. 이때는 아무리 일손이 바쁘더라도 낙엽송이 내뿜는 노란 빛에 이끌려 넋을 잃고 멍하게 바라보곤 했다. 잠깐이라도 그 속에 얼굴을 묻으면 금방 샛노랗게 물들 것만 같았다.

지금은 그럴 마음의 여유가 없었다. 오히려 한 자락 불어온 바람에 퀼트 바늘처럼 생긴 노란 이파리가 우수수 떨어지면 꼭 그녀를 놀리려고 떨어지는 듯했다. 그녀의 부스스한 파마머리를 콕콕 찌르며 그것 봐라 내 이럴 줄 알았지 하며 낄낄거리는 것만 같았다.

그녀도 모르게 주위를 두리번거렸다. 맞춤한 돌멩이가 보이자 그걸 주워 들고 낙엽송에 돌팔매질했다. 야속하게도 돌멩이는 미끈한 낙엽송에 닿지 못하고 그 옆에 나지막이 엎드려 있는 청미래덩굴에 툭 떨어졌다. 그 바람에 빨간 열매를 따먹고 있던 박새 떼가 깜짝 놀라 일제히 푸드덕 날갯짓하며 날아올랐다. 그 옆 낙엽송 가지에 앉아 있던 청설모도 탐스러운 긴 꼬리를 펄렁이며 옆의 소나무 가지로 달아났다.

올여름은 정자가 육십여 년을 사는 동안 평생 처음으로 겪은 무더위였다. 소나기라도 중간중간 내린다면 그 순간만이라도 시원할 텐데 두 달 내내 소나기 한 자락 내리지 않았다. 밭고랑은 쩍쩍 갈라지고 발을 내디딜 때마다 풀썩풀썩 일어난 흙먼지가 그녀를 벌떼처럼 공격했다. 그 와중에 고추는 날마다 온 밭이 시뻘겋도록 익어 땅바닥에서 훅훅 올라오는 열기와 하늘에서 폭탄처럼 쏟아붓는 햇살 사이에 샌드위치처럼 끼여 치열하게 싸우면서 땄다.

아침에 밭으로 일을 나가기 전에 창문이란 창문은 꼭꼭 닫고 다녔다. 열린 창문으로 온종일 들어온 먼지는 정자가 온 밭을 헤매고 다녔던 밭의 흙과는 달랐다. 밭의 흙은 농작물을 탱탱하게 살찌우고 고추를 붉게 익혀주는 자양분이었지만 거실 바닥과 주방에 저벅저벅 밟히는 먼지는 그냥 먼지였다.

정자와 그녀의 남편 석기는 집에 들어오면 제일 먼저 냉장고 문을 열고 찬물부터 꺼내 벌컥벌컥 마셨다. 한 컵의 물은 열심히 일한 그들에게 스스로 주는 상이나 마찬가지였다. 집안이라고 바깥 열기와 다를 것은 없었다. 오히려 종일 꽁꽁 문을 닫아두어 달걀이 쪄질 지경이어서 훅 숨이 막혔다. 물이 시원하지 않았다. 그제야 물이 홍건한 바닥이 눈에 띄었다.

장거리에는 전자판매점 자체가 없어 인터넷으로 AS 대표전화를 찾아냈다. 전화 연결이 쉽지 않았다. 몇 번을 눌러 겨우 상담원과 연결되자 정자는 꼭 돌아가신 엄마를 만난 듯 반가웠다. 그것도 잠깐 신청자가 너무 많아 열흘을 넘게 기다려야 한다는 대답에 기가 막혔다.

 단 하루도 냉장고 없이 살 수가 없는데 이 무지막지한 더위 속에서 열흘이나 넘게 기다리라는 거는 고문이었다. 그녀가 잠시 말을 못하자 상담원은 큰 시혜라도 내리는 것처럼 사흘 후에 마침 이쪽으로 에어컨 수리 때문에 방문 예정인데 그때 봐주겠다고 했다. 정자는 에어컨 기사가 냉장고를 어찌 고칠 수 있을까 잠깐 고민이 되었다. 그러다가 고급인 에어컨보다는 냉장고가 훨씬 고치기 쉬울 거라는 생각에 그리해주면 고맙겠다고 대답했다.

 삼십대 후반으로 보이는 수리기사는 주방으로 들어오자마자 냉장고를 쳐다보지도 않고 고개를 끄덕였다. 냉장고 소리만 들어도 뭐가 고장이 났는지 알 수 있는 모양이었다. 더위에 냉장고가 열을 받아 고장이 났다는 거였다. 부품을 새로 교체할 수도 있지만 부품값이 같은 기종으로 새로 사는 것과 별반 차이가 없으니 새로 사는 게 나을 거라고 했다. 이 모델이 아직도 나오느냐고 물어보자 파란 망사조끼 주머니에서 핸드폰을 꺼내 쓱쓱 밀더니 아직 나온다고 했다. 워낙 고장이 나지 않아 좋은 냉장고라고 말했다.

 하긴 스무 해를 넘게 썼어도 한번도 말썽을 부려본 적이 없었다. 그렇다고 새로 장만하게 된다면 이런 구형으로 사고 싶지 않았다. 기사에게 적당한 것을 추천해달라고 했다. 기사는 이번에도 핸드폰을 쓱쓱 밀더니 모델을 하나 골라주었다. 양문형 냉장고에 800L가 넘는 대형이었다. 4도어는 가격이 이것보다 두 배나 비싸다는 말도 덧붙였다.

정자는 기사가 핸드폰으로 보여준 양문형 냉장고보다 그 옆에 있는 4도어가 마음에 들었다. 그녀 생에서 마지막 냉장고란 생각에 가장 최신형에 좋은 냉장고를 사고 싶었다. 기사가 매장에서 사는 것보다 인터넷에서 사면 30만 원 정도 싸게 살 수 있다는 말도 덧붙였다.

그녀는 무엇을 사든지 실물을 확인해야 안심이 된다고 말하면 우주로 관광하는 시대에 그런 아날로그 방식을 고집한다고 눈 밝은 사람들은 비웃었다. 그녀는 그들이 비웃든지 말든지 상관하지 않았는데 30만 원이나 차이가 나는 돈 앞에서 없던 용기가 생겼다. 무엇보다도 죽을 시간도 없을 정도로 바쁜 일철이었다. 방 안에 앉아 손가락 몇 번으로 시간도 절약되고 30만 원이라는 돈도 절약되는데 안 하면 바보라는 생각이 들었다.

고추 금이 좋다고 해도 그 정도 돈을 만들자면 따야 할 고추 양이 먼저 떠올라 머리가 절레절레 흔들렸다. 그것으로 끝나지 않았다. 산더미만큼 따온 고추 중에서도 모양이 고부라졌거나 조금이라도 상처가 있으면 골라내고 최상품만 새색시 시집 보내듯 박스에 보기 좋게 넣는 작업을 날이 번하게 샐 동안 해야 했다. 꼭두새벽에 그 고추박스를 세렉스에 싣고 농산물유통센터에 가져가 올려야 그날의 시세에 따라 다음날 통장에 입금되었다.

같은 L사 모델인데 가격이 모두 달랐다. 그중에 가장 눈에 띄는 사이트가 어쩐 일인지 가장 싸서 그쪽으로 들어갔다. 어쩌면 이게 함정일 수도 있었는데 인터넷 쇼핑을 해본 적이 별로 없는 정자로서는 알 리가 없었다. 무더위도 한몫했다. 그 잠깐 사이에 얼굴이며 등이며 팔에 땀이 비처럼 줄줄 흘러내렸다. 얼른 냉장고가 들어와 얼음물을 벌컥벌컥 마셔야 정신이 돌아올 것만 같았다.

어찌어찌 주문하고 S카드로 5개월 무이자 할부까지 성공하자 무슨 큰 산을 오른 것처럼 숨이 찼다. 한낮 온도가 37도를 넘긴 8월 6일이었다. 한편으로는 이제야 시류에 탑승했다는 느낌에 뿌듯한 마음이 들었다. 사고 보니 별로 어렵지도 않은 걸 그동안 왜 매장에서 비싸게 샀는지 후회가 될 지경이었다.

사흘이 지나도록 냉장고를 배송해주겠다는 전화나 문자가 없었다. 정자는 고장이 많아 수리기사도 제때 오지 못하는 것을 보면 냉장고 사는 사람들도 많을 거라고 지레짐작했다. 닷새가 지나도 소식이 없자 판매처에 전화를 해봤다. 대표전화라 연결하기까지 10분이 넘게 걸렸다. 뭘 그렇게 누르라는 게 많은지 성질 급한 사람은 까무러치기 맞춤했다.

이런 사정을 알 리 없는 석기는 꿈지럭거린다고 잔소리를 늘어놓았다. 잔소리 대장의 잔소리를 듣지 않으려면 빨리빨리 움직여야 했다. 무엇보다도 전화 내용을 석기가 듣기를 바라지 않았다. 왜 그랬을까. 지금 생각해보면 그때부터 어떤 감이 작용했던 것은 아니었을까. 하여간에 그가 못 듣는 곳에서 전화하자니 오줌 누러 가는 척 밭고랑에서 한참 떨어진 곳에서 전화할 수밖에 없었다.

　전화 첫날에는 연결을 기다리다가 석기가 소리를 지르는 바람에 얼떨결에 끊고 말았다. 밭일이 끝나면 애당초 저녁 여섯 시는 넘어 전화하고 싶어도 할 수가 없었다. 마냥 냉장고 올 때를 기다릴 수도 없었다. 다음날은 어찌하던지 전화를 해볼 작정으로 새벽 댓바람부터 벼르고 별렀다. 역시나 전화는 쉽게 연결되지 않았다. 이거 눌러라, 저거 눌러라, 몇 번을 시키는 대로 누르자 마침내 상담원을 연결해주겠다는 말이 들렸는데 이번에도 상담원이 바쁘다며 기다리라는 말만 앵무새처럼 하고 또 하고 또 했다. 수화기 너머로 앵무새를 백 마리 정도는 키우는 듯했다.

　며칠 전에도 이 말에 지쳐 전화를 끊고 말았지만 이번에는 어림없었다. 마침내 상담원과 연결되었다. 주문한 냉장고를 언제 보내주실지 궁금해 전화했다고 더듬거리며 물었다. 사실 정자는 말주변이 없는데다 얼굴도 보이지 않는 전화기에다 말하는 게 생뚱맞았다. 상담원은 대뜸 사이트에 주문하고 3~14일 걸린다고 올려놓지 않았냐고 으르렁거렸다. 정자는 그 소리에 가슴이 후당당거렸다. 하루 만이면 집 현관에 떡 도착하는 시대에 뭔 소리, 하면서 그 글귀를 본 것도 같았다.

　며칠 후 다시 전화했다. 전화 통화량이 많다며 기다리는 말만 앵무새처럼 지껄이더니 앵무새도 지쳤는지 어느 순간 전화가 저절로 뚝 끊어지고 말았다. 황당한 정자는 냉장고 주문한 C사 사이트에 들어가 이것저것 뒤져봤다. 1:1 고객문의 코너가 눈에 띄었다. 거기에다가 구구절절이 올려놓았더니 한 시간 후에 곧바로 전화가 왔다. 세상에 이런 방법이 있는 줄은 미처 몰랐다. 다른 사이트에도 이 냉장고는 품절이라 사정이 똑같다는 상담원 말에 그러면 취소해달라고 했다. 그러자 상담원은 취소하는데도 사흘을 기다려야 된다고 말했다. 판매사에서 반품 승인이 떨어져야 반품을 할 수 있다는 말에 정자는 또 다른 판매사가 있다는 말이 이해되지 않았다.

 정자는 분명 C사 사이트에서 냉장고를 주문했고 결제까지 했는데 무슨 다른 판매사가 또 있다는 걸까. 거기에다가 물건을 받지도 않았는데 반품 승인이라고 했다. 그 말도 이해가 되지 않아 조심스럽게 물었더니 취소가 반품 승인이라는 말로 돌아왔다. 여전히 이해되지 않았지만 여기까지 오면서 이해 안 되는 일이 한두 개도 아니어서 얼른 취소하고 냉장고를 새로 사는 게 급선무라는 생각이 들었다. 될 수 있으면 빨리 취소해달라고 애걸복걸하고 전화를 끊었다. 3일이 지나고도 취소가 안 되어 전화했더니 이번에도 앵무새가 통화량이 많다고 떠들다가 저절로 뚝 끊기고 말았다. 다시 1:1 고객문의에다 글을 올렸더니 다음날 밤 자정이 가까워서야 문자가 왔다. 반품 승인에 1~2일 안으로 환급 처리가 진행될 예정이라고 했다.

 그다음 날 바로 왕복 세 시간 거리에 있는 소도시 전자매장에 가서 S브랜드 양문형 냉장고를 구매했다. L브랜드는 생각만 해도 징글징글해 쳐다보고 싶지도 않았다. 그새 간이 쪼그라들어 4

도어 냉장고는 너무 비싸 엄두가 나지 않았다.

삼복더위 속에서 냉장고 없이 스무날 가까이 살다가 냉장고가 들어오니 마치 신세계를 만난 듯 감개무량이었다. 환불해준다는 날짜가 이틀이 지났지만 너그럽게 이해가 될 지경이었다. 카드회사에서 첫달치 할부 금액이 결제되자 다시 C사에 전화를 걸었다. 그런데 이번에는 전화가 신호만 갔지 받는 사람은 없었다. 그러니 앵무새도 말할 기회가 없어 입을 다물었다. 다시 사이트로 들어가봤다. 희한한 장면이 눈앞에 벌어졌다.

'당사는 부득이한 경영상의 사정으로 서비스를 종료한다'는 내용이었다. 정자가 이 문구를 이해하기까지는 한참 걸렸다. 상담원과 피드백이 됐던 1:1 고객센터도 먹통이었다. 이제 전화를 할 수 있는 곳은 카드사였다. 받지도 않은 물건값을 빼갔으니까. 카드사도 상담원과 연결되기까지는 온갖 거를 다 눌러야 했고 필요하지 않은 이야기도 한참 들어야 했다. 상담원은 정자가 이해되지 않은 사태에 미처 정리가 되지 않아 더듬거리고 있자 먼저 "C사건이군요" 했다.

카드상담원이 너무나 유창하게 C업체 이름을 대자 정자는 그때야 그 업체가 C사라는 것도 알게 되었다. 그동안 그런 업체가 있었던 것도 몰랐고 당장 냉장고를 주문하면서도 판매업체 이름보다는 냉장고 할인가에 눈이 가 있었으니까. 벌써 이 업체 건으로 민원이 들어온 게 200건이 넘는다는 말에는 입이 절로 벌어졌다. 민원신청을 해주겠다는 말에 고맙다고 전화기에 고개를 꾸

벅하며 인사하기도 했다.

　해가 어둑어둑해서야 집으로 돌아와 냉장고에서 시원한 보리차를 한 잔 벌컥벌컥 마시고는 얼른 밥을 해 둘이 이마를 맞대고 먹고 나자 그제야 쉴 수 있었다. 석기는 머리가 베개에 닿자마자 코를 골았다. 한잠 자고 자정에 일어나 낮에 밭에서 따온 고추를 날이 훤히 밝아올 때까지 선별하고 박스 작업을 해야 했다. 얼굴이 참나무처럼 거무튀튀하고 주름이 깊었다. 목의 가죽은 탄력을 잃어 늘어졌고 검은 머리카락보다 하얀 머리카락이 더 많은 모습에 정자 자신이 투영되어 마음이 서글펐다.

　석기가 잠들자 마음놓고 핸드폰 검색을 했다. 아이고 난리가 났다. 정자가 냉장고 반품 승인을 받은 그 전날에 C사는 부도를 냈는데 그녀만 모르고 있었던 거였다. 언론에서는 이번 사태를 제2의 T사건이라고 했다. 이 사건은 정자도 얼마 전에 뉴스로 본 적이 있었다. 그때만 해도 그런 피해를 본 사람들은 특별한 사람인 줄 알았다. 비행기표를 항공사가 아닌 그런 곳에서 싸게 살 수 있다는 것도 처음 알았다. 더 나아가 싼 게 비지떡이라고 그런 방법으로 표를 예매하다보니 사기를 당한다고 생각했다. 한 치 앞도 모르는 게 사람 일인 모양이었다.

　그 와중에 정자는 9월 초에 동갑 계원들과 환갑여행이 잡혀 있었다. 이 여행비를 마련하기 위해 5년이나 계를 했다. 정자가 냉장고를 취소한 이유 중에는 이 여행도 일조했다. 그녀는 기다리는 데는 선수였고 인내심 또한 다른 사람들에 비해 출중했다. 목이 타들어가도 기다리는 것을 선택할래, 인터넷으로 상품 취소를 선택할래 하면 두 번도 고민하지 않고 기다리는 걸 선택할 사람이었다. 그만큼 인터넷으로 뭔가를 다시 한다는 것도 부담이 되었고 뭔가를 사놓고 취소한다는 것도 미안했다.

 여행 간 사이에 냉장고가 들어오면 안 그래도 여행 가는 것이 못마땅해 날마다 입이 새 부리처럼 뾰족하게 나와 있는 석기가 감당하기는 어불성설이라 취소했더랬다. 안 그랬으면 인내심의 극치를 달리고 있는 정자는 8월 말이든 9월 초든 냉장고가 올 때까지 기다렸을 테였다.

 제주도로 이박삼일 동안 여행을 다녀오니 그새 밀린 밭일이 산더미처럼 쌓여 있었다. 눈코 뜰 새가 없이 돌아치다가 두 달째 냉장고 할부 청구서가 날아오자 그제야 퍼뜩 생각났다. 카드사에 전화하자 한 달은 청구 유예를 해주겠다고 대뜸 말했다. 이런 방법이 있는 게 너무 신기해 역시 우리나라는 좋은 나라라는 생각이 들었다.

 카드사 상담원은 PG사인 D사에 이의신청을 하라고 했다. 카드사에 이의신청을 하면 되었지 PG사에 왜 이의신청을 해야 하는지 이해가 안 되었다. 아니 그 용어도 처음 들었다. 정자는 지금껏 C사에 냉장고를 주문해 카드로 금액을 지급했기 때문에 C사와 카드회사만 연관된 줄 알았다. 알고 봤더니 냉장고를 판매하는 판매사도 따로 있었고 PG사도 있었다. PG사는 Payment Gateway의 약자로, 온라인에서 결제를 처리하는 중개역할을 하는 회사인데 딸이 핸드폰에 깔아준 토스도 PG사라는 걸 이번에 알았다. 즉 결제대행사라는 온라인 상거래의 필수 요소로 자리 잡고 있었는데 그걸 정자가 알고 있어야 하는 줄은 몰랐다. 정자의 카드 결제를 취소해주는 기관이 판매사도 카드사도 아닌 PG사였다.

 그동안 냉장고를 주문하고 취소하기까지의 카톡 내용을 캡처해서 D사에 보냈다. D사에서 이의 제기가 접수되었다는 문자를 받자 장님 코끼리 만지듯 더듬더듬 보낸 게 제대로 간 듯해 안심되면서 시간만 지나면 해결될 거라고 믿었다. 그래도 돌다리 두드려보듯 어렵게 D사 상담원과 통화도 했다. 서류가 잘 접수되었으니 기다리라고 했다. 얼마나 기다리면 되냐고 했더니 2~3개월은 기다려야 된다는 말에 결제 취소만 된다면 얼마든지 기다릴 수가 있어 알았다고 하며 전화를 끊었다.

 정자는 시간만 되면 핸드폰을 뒤적거렸다. 그동안 너무 핸드폰을 보지 않아 C사가 부도난 줄도 몰랐으니까. 세상에 8월 16일에 부도내고 다음 날에 반품 승인이라며 카톡을 보낸 회사였다. 여전히 주문 취소를 왜 반품 승인이라는 용어를 쓰는지 이해되지 않았지만 그때 정자는 목 빠지게 기다렸던 반품 승인이 얼마나 반가웠던지. 그래도 안심이 되지 않아 C사 상담원에게 전화를 걸어 이제 냉장고 취소가 되었으니 다른 냉장고를 사도 되냐고 어린아이처럼 물어보기도 했다. 뒤로는 하루 전에 부도를 내놓고 앞으로는 이제 냉장고를 사서도 된다고 상담원은 천연덕스럽게 대답했다.

　시간만 나면 인터넷을 검색하다가 C사 피해자 오픈 채팅방을 알게 되어 들어갔다. 이미 C사로 인해 피해자가 1,000명도 넘게 모여 있었다. 정자의 피해액 이백여만 원은 소액에 불과했다. 삼백여만 원에서 구백만 원도 넘는 피해자도 있었다. 그들이 거기에 있자 동지애를 느꼈다.

　정자는 석기에게도 이 사실을 말하지 못했다. 그에게 날마다 들들 볶일 생각을 하니 기가 막혔더랬다. 동기 간에 급속도로 소문이 퍼지는 것도 창피했다. 동네가 손바닥만 해 하루도 지나지 않아 동네 사람들 모두 알게 되는 것도 싫었다. 겉으로는 안타까워하겠지만 속으로는 욕할 것이다. 작년에 같은 교회에 다니는 권사님이 보이스피싱에 몇천만 원 사기당하자 어수룩해서 당했다고 비웃었더랬다.

　채팅창에서 금감원에 넣은 민원이 효과가 있다고 해 정자도 금감원에 민원을 넣어보기로 했다. 금감원 사이트를 찾아 열고 먼저 민원을 넣은 피해자가 올려놓은 블로거를 찾아가 따라했다. 그런데 첫 장면부터 멈춰버렸다. 실명 인증을 하라는 내용인데 도대체 무슨 말인지 알 수가 없어 그것에 대해 검색해봤다. 실명 인증을 하는 곳은 나이스를 포함해 두 군데가 있고 거기 들어가서 실명 등록을 완료하라고 했다. 정자는 실명 등록을 하기 위해 나이스 사이트를 찾아갔는데 인적 정보를 등록하라는 안내에 깜짝 놀라 사이트를 닫고 말았다.

이제 인터넷으로는 이름 석 자 쓰는 것도 두려웠기 때문이다. 그렇지만 실명 인증을 하지 않고는 금감원에 민원을 넣을 길이 없어 그것으로 인해 피해본 사람이 있는지 검색하기 시작했다. 오히려 안전하다는 말도 믿을 수가 없어 며칠 동안 나이스에 들어가 화면만 노려봤다. 실명 등록을 하고 나자 곧바로 실명 인증이 되었다는 메일이 날아왔다. 아무것도 아닌데 미리 겁을 먹었다.

금감원에 민원을 넣는 데 성공했으니 이제 곧 문제가 해결될 줄 알았다. 그사이에 결제 취소되는 사람도 드문드문 생겨 그녀도 곧 취소가 되리라고 기대했다. 카드회사에서 또 청구서가 날아왔다. 이번에도 청구 유예를 신청했다. 카드회사에서 어렵다는 답변에 이럴 때를 대비해 채팅방에서 얻은 정보를 들이댔다. 다툼이 있는 결제 건은 법적으로 청구 유예를 해주어야 한다고 따지니 상담원은 알아보고 다시 연락드리겠다고 전화를 끊었다. 5분도 지나지 않아 이번 달만 청구 유예를 해주겠다는 전화를 받았다.

채팅창에서 환급이나 결제 취소된 사람들 보면 D사에 미배송 확인서를 제출했다고 한다. 정자는 PG사에서 요청이 올 것을 대비해 미리 미배송 확인서를 준비해두어야겠다고 마음먹었다. 그때만 해도 C사 사이트가 닫히지 않아 주문 명세서를 통해 판매사 전화번호와 이메일을 확인했다.

C사에 주문한 자료 명세서와 카드 결제 영수증 등 자료를 첨부

해 B판매사에 미배송 확인서를 요청하는 메일을 넣었다. 그런데 B판매사에서 정자 건은 데이터가 없다는 황당한 말이 돌아왔다. 8월 6일에 주문했고, 며칠 동안 아무런 전화가 없어 문의했더니, 재고 상품이 없어 8월 30일부터 차례대로 배송한다는 말에 취소했다고, 정자는 떠듬떠듬 떨리는 목소리로 겨우 설명했다. 그러자 B판매사는 취소 건이면 미배송 확인서가 필요 없다고 말했다. 8월 6일에 주문한 냉장고가 품절이라는 말에 냉장고를 취소했다면 이미 취소 완료가 된 상태라 미배송 확인서가 필요 없다고 똑같은 내용을 비슷하게 설명했다.

이해될 듯 말 듯했지만 정자가 생각해도 그 말이 맞는 것 같아 PG사에서 미배송 확인서를 요청하면 이런 식으로 답변해야겠다고 생각했다. 그런데 아무리 기다려도 PG사에서 어떤 연락이 오지 않았다. 채팅창에서는 드문드문 환급이나 취소되었다는 글이 올라와 더욱 안절부절못했다. 환급이나 취소가 된 사람은 D사는 기본이고 금감원이나 소비자보호원 심지어 경찰서까지 민원을 넣고 자주 전화를 해 진행 상황도 물어보고 싸우면서 받아냈다는 말에 정자도 뭔가를 해야 할 것만 같았다.

그런데 D사에 전화 걸 생각만 해도 엄두가 나지 않았다. 1번을 눌러라, 2번을 눌러라, 이런 식으로 수십 번을 눌러 겨우 상담원과 연결되어도 상담원이 얼마나 불친절하고 냉랭한지 괜히 주눅이 들었다. 그래도 연락이 올 때까지 마냥 기다릴 수가 없어서 크게 용기를 내어 전화를 걸었다. 역시나 상담원은 퉁명스럽게 기다리라는 말만 했다. 서류가 잘 접수되었는지, 뭐 더 필요한 거는 없는지 물어볼 엄두도 내지 못하고 수화기를 내려놓게 만드는 불친절에 괜히 주눅이 들어 가슴이 벌렁거렸다.

한 달을 기다리라는 금감원에서도 한 달이 지나도 연락이 없었지만 워낙 피해자가 많아 그런가보다 하고 좋은 쪽으로 생각했다. 또다시 카드 고지서가 날아왔다. 또 청구 유예 신청을 해야만 했다. 석 달째였다. 이번에는 청구 유예 신청이 금방 받아들여졌다. 그게 큰 위안이 되어 카드사 상담원에게 이것저것 부탁했다. 카드사가 고객을 보호해주어야지 개인이 골리앗 같은 거대한 PG사를 상대하려니까 너무 어렵다고 말했다. 어떤 카드사는 D사에 강하게 항의해서 카드 취소를 해주었다는 소식도 있더라며 개인이 혼자 상대하기에는 너무 힘들다고 재차 강조하고는 전화를 끊었다. 그런데 이게 직방이었는지 금방 카드사에서 전화가 왔다. D사에 문의를 해봤더니 미배송 확인서를 제출하라는 거였다.

올 것이 왔다. 역시 미배송 확인서가 필요한데 그걸 구할 방법은 없었다. 그래서 카드사 상담원에게 주문 취소된 거라 미배송 확인서 자체가 없다고 말하자 그건 D사에 말해보라는 말을 했다. 하긴 그거라도 얼마나 고마운지 전화 끊고 곧바로 날아온 설문조사에 모든 항목에 매우 좋다고 표시하고 좋은 이유를 묻는 항목에서는 상담사가 친절하기 때문이라고 써서 보냈다.

어찌하든지 B사에서 미배송 확인서를 받는 방법밖에 없다는 생각에 다시 구구절절 메일을 보내고 문자로도 사정 설명을 했다. 며칠이 지나도록 메일도 읽지 않고 답도 없어 이번에는 밑져야 본전이라는 생각에 전화를 걸어보았다. 역시나 전화도 받지 않았다.

배춧값이 고공행진을 하는 이유는 날씨 탓이었다. 맨살을 폭폭 삶을 것 같은 더위가 입추 지나고 백로 지나도 수그러질 기미가 없었다. 감자를 캐고 난 자리에 살충제와 영양제를 뿌린 후에 배추를 심었다. 더위를 무릅쓰고 나온 싹들이 정자의 마음처럼 기신기신 버텨내고 있었다. 덥더라도 비라도 내리면 좋으련만 비도 내리지 않아 틈틈이 물을 주며 겨우 배추를 살려냈다. 이 배추에 매달려 있는 식구가 많아 더 신경이 쓰였다. 비도 좋은 비와 나쁜 비가 있었다. 고대했던 비가 내려 반가웠는데 그게 나쁜 비였다. 꼭 C사 대표를 보는 듯했다.

기신기신 자라고 있던 배추가 비 한번 맞자마자 슬슬 썩기 시작했다. 정자 배추밭만 그 꼴이 난 게 아니었다. 동네의 배추들이 모두 망조가 들었다. 전국적으로 배추파동이 일어나 배추 한 통에 2만 원을 넘기는 사상 유례없는 일이 발생했다. 석기는 배추가 밭에서 썩어가는 것도 정자가 날마다 핸드폰만 들고 살아서 그 모양이라고 뒤집어씌웠다. 정자는 억울했지만 역시나 그에게 말하지 않은 거는 잘한 일이라고 생각했다. 온 나라의 배추가 모두 망가져도 정자 탓으로 돌리고 있는 그에게 사기당했다고 말한다면 돌아올 말은 짐작하고도 남았다. 드문드문 살아 있는 배추라도 살리려고 기를 썼다.

　미배송 확인서를 구하지 못하면 다른 어떤 대체할 게 있나 싶어 밤에는 증거를 찾는 수사관처럼 그동안 온 핸드폰 문자와 카톡과 이메일을 검색했다. 그런데 전혀 기대하지 않은 문자가 하나 보였다. 그동안 이 문자를 어찌 까맣게 잊고 있었을까. 이 문자를 받자마자 C사에 그때까지 기다릴 수 없다고 취소를 요청해서 8월 17일에 반품 승인이란 이해되지 않는 용어로 취소가 됐던 거였다.

　8월 14일에 문자가 하나 날아와 있었다. E배송센터에서 보낸 문자였다. 주문 완료 문자와 배송 예정일이 8월 31일이라는 내용이었다. 더 중요한 것은 판매사가 그녀가 알고 있던 B사가 아닌 L사였다. 그녀는 지금도 이해가 되지 않는 것은 분명 C사에서 물건을 구매했는데 판매사가 따로 있고 카드로 5개월 할부로 주문했는데도 그 중간에 PG사가 따로 있다는 거였다. B사에 데이터가 없는 것도 C사가 애초에 사이트에 올린 B사도 거짓이었다는 거였다. 그날 그녀는 밤새도록 한잠도 자지 못했다.

　그녀는 일단 문자를 보낸 E배송센터에 전화를 걸어봤다. 몇 달이 지나서인지 전화가 연결되지 않았다. 인터넷으로 E배송센터를 검색했다. 전국에 여러 군데 포진되어 있는데 문자에 나와 있는 주소가 서울 양천구였다. 거기 대표전화로 전화를 걸었다. 상담원은 이런 상담은 L고객센터에 문의하라며 또 대표전화를 가르쳐주었다. 그걸 받아 걸었더니 점심시간이라는 안내가 나왔다. 그러고 보니 정자는 점심도 잊은 채 컴퓨터와 전화기에 매달려 있었다.

 마당에는 노란 명자나무 열매가 굴렁굴렁 굴러다녔다. 수돗가에는 속이 샛노랗게 꽉 찬 배추들이 붉은 고무통 여섯 개에 절여져 있었다. 정자는 새벽 댓바람부터 마당에 불을 켜놓고 배추를 절이기 시작했다. 중간에 석기 아침 차려주고 마저 절인 후에 잠깐 쉬는 참이었다.

 배추를 살리지 못하면 카드 취소도 받지 못할 것 같은 예감에 정자는 낮이나 밤이나 병든 아이 보살피듯 정성을 기울이자 조금씩 살아났다. 이번에도 날씨가 한몫했다. 가을답지 않은 따뜻한 날씨가 배추를 무럭무럭 자라게 했다. 속이 꽉꽉 들어차 한 포기 뜯어 들어봤더니 정자도 휘청할 정도로 무거웠다. 원래 배추는 가을 서리를 몇 번 맞고 영하로 내려가는 밤 기온에 얼었다가 낮에 따뜻한 햇살에 녹기를 몇 번 해야 달콤하고 김치도 맛있다. 이번 배추는 이것까지 욕심내기는 힘들 것 같았다. 배춧속이 너무 꽉 차도 김치가 맛이 없어 서리 맞기 전에 뜯어 김장하는 게 대수였다.

 해마다 석기의 형제 오 남매와 거기서 시집과 장가 보낸 자식들의 김장까지 해주느라 허리가 휠 지경이었다. 특히 올해는 배춧값도 비싸서 약간 욕심이 나기도 했다. 배추를 보는 사람마다 팔라고 했다. 밭에서 적어도 한 통에 칠천 원은 받을 수 있어 100통만 팔아도 칠십만 원이나 손에 쥘 수가 있었다. 그렇지만 머리를 흔들었다. 비쌀수록 나눠 먹어야지. 무엇보다 석기가 용납할 것 같지 않았다. 농협에 낼 이자가 산더미처럼 쌓여 있는 데도 찬물 먹고 이빨 쑤시는 격으로 있는 척을 하는 게 우스웠다.

　B사에서는 판매 자료가 없었는데 L고객센터에서는 판매 자료와 취소 내역까지 확인이 되었다. 애먼 곳에다 미배송 확인서를 내놓으라고 했으니 얼마나 황당했을까. 이번 사태로 피해액이 커 폐사했다는 소문이 돌았는데 거기에다가 메일을 보내고 문자를 보냈으니 미안할 뿐이었다. 이제 미배송 확인서 받는 거는 따 놓은 당상인 줄 알았다. 'D 다 죽었어' 하고 한번 중얼거리기도 했다.

　L사에서는 미배송 확인서를 처음 듣는 말이라고 했다. 도대체 온 나라가 시끌벅적한 중이고 또 같은 이커머스 회사인데 이 사태를 모른다니 거기에 말려들지 않아 운이 좋다는 생각이 들었다. C사에 입점한 판매사가 아니라는 뜻일 테니까. 정자는 이제 이 정도는 알 수 있는 안목이 생겼다. 주문했다가 취소된 자료가 있지 않느냐고 물었더니 있다고 했다. 그러면 그걸 토대로 미배송 확인서를 한 장 보내달라고 했다. 양식이 없으면 만들어 보내겠다는 말도 했다.

　그러자 취소면 다 된 거가 아니냐고 도로 물었다. 그건 나도 마찬가지 생각인데 PG사에서는 미배송 확인서가 있어야 카드 취소와 환급을 해준다고 말했다. C사 사이트에 반품 승인이라고 떠 있기 때문이라고 설명했다. 그걸 안 해주면 그 돈을 고스란히 뜯거야 한다고 덧붙였다. 무엇보다 물건을 받고 취소와 환급을 요청하는 파렴치한으로 오해받는 게 너무 자존심 상한다는 말도 하며 꼭 해달라고 애걸복걸했다. 그러자 상담원은 내일 오후 3시까지 연락하겠다며 이메일 주소를 물어봤다. 정자는 또박또박 이메일 주소를 불러주고는 전화를 끊었다.

산더미 같은 쪽파 무덤 앞에 쪼그리고 앉아 있는데 석기 형제자매들이 마당으로 두세두세 들어왔다. 그들은 이미 마당 가득 절여져 있는 배추를 보면서 자기들 오면 같이 절이지 힘들게 왜 혼자 했느냐며 호들갑을 떨었다. 그들을 몇 끼나 먹이고 하룻밤 재우는 일도 김장만큼 만만찮은 일이었다. 또 배추 통이 커서 빨리 절이지 않으면 미처 배추가 절여지지 않아 내일 아침에 배추를 씻을 수도 없을 텐데. 그러면 언제 속을 넣어 집으로 돌아갈 수가 있을까.

배추김치만 하는 것도 아니고 깍두기에 갓김치와 파김치에 섞박지까지 있어 생각만 해도 눈이 돌아갈 일이었다. 그래도 뭐 일이 년 한 일도 아니고 시집와서 꽃새댁 때부터 삼십여 년을 넘게 한 일이라 힘이 들 것도 없었다. 쪽파 까던 일은 그들에게 맡기고 무를 큼지막하게 깐 양미리조림에 배추된장국으로 저녁 밥상을 차렸다. 한쪽 버너에서는 내일 양념에 들어갈 육수를 끓이느라 커다란 양은솥이 차지하고 있어 복잡했다.

다음날 잘 절여진 배추를 식전 댓바람부터 씻어두고는 물 빠질 동안 뜨끈한 소고기미역국에 고등어구이로 아침을 먹었다.

배추에 속을 다 넣고 깍두기와 파김치와 갓김치를 다 버무린 후에 맞춤하게 삶아진 수육으로 늦은 점심을 먹었다. 바리바리 싸서 각자의 집으로 다 떠날 동안 미배송 확인서에 관한 메일이나 전화가 없었다. 방바닥 군데군데 떨어진 고춧가루와 커다란 구박을 씻어 마당 수돗가에 엎어놓고 고춧가루가 잔뜩 묻어 있는 앞치마며 옷을 세탁기에 넣어 돌리면서 눈은 핸드폰에 자꾸 가 있었다.

전날 밤 늦도록 마늘과 생강을 까 믹서기로 다져놓고 컴퓨터를 켰다. 채팅창에 공유한 자료를 토대로 미배송 확인서 양식을 만들어 컴퓨터에 잘 저장해두었다. 이제 전화가 오면 그걸 보낼 작정이다.

미배송 확인서 양식을 보내달라는 문자를 받았을 때만 해도 이제 이 길고 지겨운 싸움이 끝날 것만 같아 속이 다 시원했다. 마당 한쪽 구석에 쌓아놓은 무청을 잘 엮어 응달에 걸면서 절로 콧노래가 나왔.

올해 들어 가장 서리가 두텁게 내린 새벽이었다. 교회 가는 길목에 문지기처럼 기다란 시멘트 다리가 놓여 있었다. 다리 폭이 좁아 차가 휙 지나치면 깜짝 놀랄 정도로 심장이 쫄깃쫄깃했다. 이런 사정을 알았는지 올봄부터 오른쪽 다리 가장자리로 보행자용 나무 데크를 깔아놓아 마음 편하게 다닐 수가 있었다. 서리가 하얗게 내린 나무 데크에는 앞서간 사람의 발자국이 선명하게 찍혀 있었다. 나무 데크가 미끄러워 보폭을 좁게 하며 발에 힘을 주었다. 다리 밑으로는 강물이 흘렀다. 서쪽으로 흘러가는 달빛과 군데군데 놓인 가로등 불빛에 검은 강물이 반짝반짝 빛났다.

묵은지찜으로 점심을 준비하고 있는데 L몰에서 전화가 왔다. O판매사에서 미배송 확인서를 보낼 수가 없다고 답변이 왔다고 했다. 아니 O사는 또 어디서 나타났을까. 도대체 냉장고 한 대에 걸려 있는 판매사가 몇 개일까. 어리둥절해 있는데 L사 상담원이 계속 말했다. O사가 C사 입점 판매사가 아니라서 미배송 확인서를 보낼 수가 없다는 내용이었다. 결제 취소를 했기 때문이고 미배송 확인서를 한 건도 보내지 않았다는 말을 덧붙였다.

결제 취소를 했어도 물건을 받지 못했기 때문에 카드 취소를 하자면 이 서류가 꼭 필요하다고 같은 말을 반복했다. 상담원은 자기도 이해가 안 된다고 했다. 그냥 서류 한 장만 보내주면 되는데 왜 그러는지 모르겠다고 했다. 그러면 O사 전화번호를 가르쳐달라고 했다. 직접 부탁을 해보겠다고 하자 상담원은 알아보고 잠시 후에 문자를 보내겠다고 했다. 묵은지찜에 파와 마늘을 생략했다. 대충 점심을 차려 먹고 오후 내내 핸드폰을 들여다봤다.

내일 저녁에는 시아버지 추도예배가 있어 동기간들이 또 몰려올 테다. 교회를 다닌다지만 제사상은 교회 안 다니는 사람보다 더 풍성하게 차리는 게 집안의 내력이었다. 단지 제사상에 절을 하지 않고 예배를 드린다는 게 차별이면 차별이었다. 하나로마트에서 장을 보면서도 온통 전화기에만 신경을 쓰고 있었다. 조금 더 기다리면 오겠지 싶었지만 여전히 문자가 오지 않았다.

다음날 음식을 잔뜩 해 추도예배를 드리고 동기간들 보내고 나니 한밤중이었다. 그때까지도 어떤 연락도 없었다.

그 다음날은 전전날보다 서리가 더 두텁게 내렸다. 스무 번째 절기인 소설다운 아침이었다. 더는 기다릴 수가 없어 오전에 L몰에 다시 전화를 걸었다. 마치 처음 듣는다는 듯한 상담원에게 처음부터 다시 긴 설명을 해야 했다. 한참을 설명하자 그제야 기억난다고 했다. O사에게 전화번호를 오픈해도 되는지 문의했더니만 답이 빨리 오지 않아 늦었다면서 마침 답이 왔다며 잠깐 기다리라고 했다.

그러더니 O사는 별도의 고객센터를 운영하지 않아 전화 오픈이 어렵다고 했다. 혹시 O사도 폐업한 게 아니냐고 물었더니 그건 아니라고 아직도 자기들과 활발하게 거래하고 있다고 강하게 부정했다. 그러면 미배송 확인서를 어떻게 받을 수가 있겠냐고 했더니 거기에 대해서는 묵묵부답이었다. 그러면 결제 취소 명세 자료라도 보내줄 수가 있겠냐고 했더니 그건 알아보고 연락주겠다며 전화를 끊었다.

다음날에 문자 한 통이 날아왔다. 업체로부터 답변이 지연되어 다음날 18시경에 재 문자 드린다는 내용이었다. 다음날 17시 10분쯤에도 똑같은 내용의 문자가 날아왔다. 인내심이 출중한 정자는 기다렸다. 마침내 그 다음날 15시경에 문자가 오긴 왔다.

정자는 눈앞이 캄캄해 채팅방에 들어가 판매사가 미배송 확인서를 안 해준다는데 어찌해야 할까요 하고 문의를 달아보았다.

그러자 득달같이 쭉쭉 댓글이 올라왔다. 이해가 안 된다며 다들 한통속이라니. 고소하라니, 판매사도 일차적인 원인이 있는데 그렇게 비협조적인 업체는 도대체 어디냐고 물었다. 구상권을 청구해야 한다고 했다. 마음 같으면 O사라고 하고 싶은데 혹 그 업체에 피해가 갈지 걱정되어 그냥 묵묵부답으로 일관했다. 같이 욕해주는 것만으로 그녀에게는 큰 힘이 되었다. 이제 앞으로 또 뭘 해야 카드 취소를 받을 수 있을지 그걸 몰라 답답할 뿐이었다.

새벽에 현관을 나서자 온 세상이 새하얗다. 나무 데크 위에는 바람 한 자락은커녕 새 발자국 하나 찍히지 않았다. 정자는 마치 태초의 길 같은 그 위로 자기의 발자국을 푹푹 찍으면서 걸어갔다. 발자국을 찍을 때마다 뽀드득뽀드득 소리가 들렸다. 어쩌다 유행의 한복판에 서서 갈길 몰라 허둥거리는 그녀에게 힘내라고 위로하는 듯했다. 다리 밑으로 하얀 눈을 소복소복 뒤집어쓴 바위를 돌아 검은 강물이 흘러내렸다.

협곡

# 협곡

**1**

 첫새벽부터 노인의 방에서 달그락거리는 소리가 났다. 지숙은 벌떡 일어나 베란다로 나가봤다. 역시 휴대용 가스버너가 보이지 않았다. 크기가 만만해 늘 써오던 법랑냄비도 사라졌다. 싱크대 속에 있었던 다섯 봉짜리 멀티 포장 라면도 보이지 않았다. 지숙이 밥을 하지 않은 지 사흘째였다.

 들머리에 오백 년은 된 듯한 아름드리 소나무가 서 있는 마을로 이사한 지도 일 년이 지났다. 소나무는 밑둥이 동굴처럼 비었고 한쪽 가지는 마른 삭정이로 변했지만 삼층 정도 높이의 키에 꼭대기에는 푸른 솔잎을 우산처럼 쓰고 있었다.

 처음 이 마을로 이사를 왔을 때 지숙은 집보다 무덤이 많은 동네인 게 마음에 들었다. 그걸 대변이라도 하듯이 온종일 있어도 동물 울음밖에 들려오지 않았다. 마당가 목련나무 가지에서 지저귀는 새들은 몸통이 자그마한 참새부터 꼬리가 붉고 몸통도 제법 커다란 것까지 종류가 다양했다. 그것들은 날이 희부연하기 한참 전부터 날아와서 각각의 목소리로 울었다. 대낮에는 검은 살찐 까마귀도 까악까악 울었다. 멀리서 희미하게 들려오는 닭 울음에 더 멀리서 개가 컹컹 짖었다.

양지바른 곳에는 어김없이 동그란 무덤 한 기가 자리 잡고 있었다. 갓을 쓴 비석이 무덤 앞에 생뚱맞게 서 있으면 죽어서도 지위가 필요한가 싶었다. 가운데 상석을 두고 나지막한 무덤 두 기가 나란히 자리한 것은 부부 무덤일 테다. 어디 가서 물어보았더니 궁합이 나빠 합장할 수가 없다고 했을 터다. 지숙 엄마도 아버지와 합장할 수가 없었다. 마른 들깨 섶이 군데군데 쌓여 있는 밭머리에도 둥그런 무덤 한 기가 햇볕에 자글자글 익고 있었다. 수수 대궁만 남은 밭가에도 형체만 겨우 갖춘 무덤 한 기가 밭 주인인 듯 누워 있었다. 무덤이 미처 자리잡지 못한 양지녘에는 집이 우두커니 서 있었다. 아마 몇십 년이 지나면 이 집도 동그란 무덤에게 양보해야 할 듯했다.

지숙이 사는 집도 그중의 하나였다. 커다란 돌을 층층으로 쌓아올린 축대로 인해 멀리서 보면 꼭 커다란 돌이 집을 받치는 꼴이었다. 오랫동안 비어 있던 집답게 군데군데 거미줄이 쳐졌고 발이 많이 달린 벌레들도 제집인 양 드나들었다. 노인이 은퇴하면 살 생각으로 오래 전에 준비해둔 집이라고 했다.

물이 졸졸 흘러내리는 좁은 계곡을 따라 외길을 한참 올라가서 제일 끝 집이었다. 계곡 바로 옆으로 오래된 느티나무와 가래나무 가지가 계곡물을 덮다시피 했다. 그 뒤로는 푸른 소나무 군락지가 펼쳐졌고 그 뒤로 노란 낙엽송 군락이 줄을 맞춘 듯 길게 늘어 서 있었다. 계곡 맞은편에는 잡목들 너머로 하얀 자작나무 숲이 펼쳐졌다.

지숙의 집에서는 맞은편 산골짜기가 잘 보였다. 산으로 겹겹이 쌓였고 아침녘에 안개가 산을 하얗게 가리면 가장 높은 봉우리만 동동 떠 있었다. 아침 해가 노랗게 가장 먼저 닿는 곳이었다. 집 뒤로 산수국이 파랗게 피어나면 산속은 술렁거렸다.

## 2

전화를 받은 장소는 병실이었다. 처음에는 받지 않았다. 노인이 조금이라도 자기에게 소원하면 일부러 죽그릇을 툭 치고는 엎어버리기 때문이었다. 노인과 잘 지내는 일이 날마다 지숙이 견뎌내야 하는 과제였다. 호주머니에 든 핸드폰이 발작적으로 울자 노인이 호주머니쯤에 시선을 힐끗 한번 주었다. 그런데 지숙은 선뜻 핸드폰으로 손이 가지 않았다. 꼭 커다란 뱀이 호주머니 속에서 똬리를 틀고 앉아 혀를 날름거리는 듯했다. 가슴도 두근거렸다. 할 수만 있다면 심장을 꺼내 꼭 움켜쥐고 싶었다. 노인이 사납게 흘겨보지 않았다면 더 버텼을 것이다.

엄마가 죽었단다. 운명도 아니고 작고도 아니고 죽었다고 말했다. 지숙은 흑 한번 신음을 내뱉고 전화를 끊었다. 그날 따라 노인은 죽을 잘 받아먹었다. 순가락으로 싹싹 긁어주었건만 여전히 더 먹고 싶어해 바닥을 보여주었다. 노인은 바닥이 하얀 그릇이 믿을 수가 없는지 그것을 확 빼앗아 직접 요리조리 살펴보기도 했다. 급기야 고양이 헛바닥처럼 기다란 혀를 쏙 꺼내서 죽그릇을 싹싹 핥기 시작했다. 평소에는 수화기 너머의 소리까지

다 듣고 간섭하는 양반이 그날은 아무것도 못 들은 듯 유난히 식탐을 부렸다.

지숙은 상관없었다. 어차피 장례식장에는 가지 않을 작정이었으니까. 엄마가 병원에 입원해 있을 때 문병은커녕 병원비도 한 번 건넨 적이 없던 딸이었다. 이상하게도 엄마가 병원에 입원했다는 소식만 들려오면 노인이 갑자기 아프다고 엉구락을 쓰며 병원에 가자고 나섰다. 머리가 아파서 한잠도 잘 수가 없다는 이유였고 배가 살살 아프다고 했고 허리가 아프다거나 이가 아프다고 했다. 온갖 검사를 다 하느라 입원은 당연한 순서였고 그 수발도 오직 지숙 차지였다.

주머니가 또 부르르 떨었다. 노인은 짐짓 잠든 척 눈을 꼭 감고 있었다. 노인의 투실투실한 팔을 꾹꾹 주무르던 중이었다. 여전히 숨이 막힐 정도로 가슴이 떨렸지만 이번에는 망설이지 않고 핸드폰을 꺼냈다. 엄마가 돌아가신 것보다 더 큰 일은 없을 테니까. 또 동생 지오의 전화였다. 언제 올 수 있겠냐고 물었다. 지숙이 주저주저하면서 대답을 못했다. 늘 이런 식이었다. 이럴 때마다 지오는 지숙 편에서 이해해주었다. 적어도 겉으로는 그랬다. 매형에게 알리기는 했냐고 물었다. 지숙은 여전히 대답하지 못했다.

노인에게 죽을 먹이고 죽그릇을 다 핥을 동안 기다렸다가 옷에서 시큼한 냄새가 난다고 해 옷을 갈아입혔다. 침구에서 냄새가 난다고 킁킁거려 침구를 새로 갈았다. 갑자기 머리를 박박 긁으며 근지럽다고 짜증냈다. 아침에 감겨드렸다고 해도 거짓말도 잘한다고 도로 뒤집어씌웠다. 노인의 몇 올 남지도 않은 머리를 감겨드리자마자 팔다리가 저리다며 팔다리를 흔들었다.

 엄마도 머리를 감고 싶어했다. 병원에 꽤 오랫동안 입원하고 있었지만 차일피일 미루다가 어쩌다가 병문안을 간 날이었다. 그 소리를 듣자마자 잡아놓은 고양이처럼 안절부절못하고 있던 남편의 눈초리가 새초롬해졌다. 지숙은 남편이 눈만 가늘게 떠도 가슴이 벌렁거렸다.

 "엄마, 올케가 머리 안 감겨주었어요?"
 "그런 소리 말아라. 니 올케가 나한테 얼마나 잘하는데. 어제 저녁에도 감아주었다."
 "그럼, 아직 감을 때도 안 되었겠네."
 "그래. 아직 감을 때가 안 되긴 했어. 바쁜데 어여 가봐라."
 "그럼, 엄마 몸조리 잘하고. 다음에 또 올게."
 지숙은 마치 엄마가 잡기라도 할 것 같아 허둥지둥 병실을 나왔더랬다.
 핸드폰이 또 자발스럽게 떨었다.
 "뭐해?"
 이런 투로 전화를 하는 사람은 남편밖에 없었다. 지숙을 감시 카메라처럼 손바닥 위에 올려놓고 다 파악하는 사람의 말투치고는 참 고약했다. 지숙은 대답하지 않았다. 남편도 잠시 말이 없었다. 지숙이 대답하지 않을 걸 뻔히 알면서도 이렇게 대답을 기다렸다. 그러다가 나지막하게 한숨을 쉴 것이다. 그리고 용건을 말할 것이다.

"처남 전화 받았어?"

"…."

"가봐야지."

"…."

"언제 갈 거야?"

"아버님은?"

"형수 안 왔어? 하루만 봐달라고 했는데."

하루란다. 하루 만에 장례식을 치르라는 걸까.

"쌍년이 온다는겨?"

지숙은 대답하지 않았다. 지숙을 어찌 부를지 짐작이 되면서도 짐작되지 않아 마음이 아득했다.

"나는 개잡년이 싫다."

"제가 아범과 갈 데가 있어서요."

"아, 니는 시아비가 곧 죽게 생겼는데 가긴 어딜 가나?"

"그게…."

지숙은 회전문에 성큼 오른 것뿐인데 딴 세상에 온 듯 혼란스러웠다. 벚꽃이 비처럼 내리던 날에 이 문을 돌리며 병원에 들어왔었다. 그 벚꽃 다 쏟고 푸른 잎만 남겨두더니만 어느새 붉은 단풍으로 곱게 물들어버렸다. 처음 본 듯한 해를 무턱대고 바라보다 현기증이 나 휘청거렸다. 도무지 지숙이 속한 세상이 아닌 듯했다. 병원을 나와 첫 번째 교차로 앞에서 만나자는 남편의 전화도 딴 세상에서 온 소리인 듯싶었다. 지숙이 잘 알아듣지 못하자 남편은 교차로 옆 스타벅스 앞에 서 있으라고 짜증을 냈다.

지숙은 첫 번째 교차로 옆 스타벅스 안으로 들어갔다. 커피를 한 잔 주문하고 창가에 가 앉았다. 탁자 위에 올려놓은 둥근 진동벨이 드르륵거리자 손에 들고 있는 휴대폰도 따라서 울렸다. 교차로에는 남편의 자동차가 서 있었다. 지숙은 진동벨을 들고 커피를 받으러 갔다. 커피를 천천히 마시면서 남편의 자동차를 바라보고 있었다. 아니 자동차 속에 있는 남편을 주시하고 있었다. 검은 정장 차림새였다. 분명히 넥타이도 검은 색에 와이셔츠도 흰 색으로 잘 맞추어 입었을 것이다. 유난히 남들 이목에 신경 쓰는 사람이었다.

지숙은 자기의 옷차림도 살펴보았다. 검은 니트 셔츠와 회색 주름스커트 차림새였다. 손에 들고 있던 핸드폰의 진동이 멈추는가 싶더니 다시 자발스럽게 울렸다. 핸드폰을 귀에 대고 있는 남편의 시선이 스타벅스 쪽을 흘깃거려 지숙은 순간적으로 움츠렸다. 어쩌면 남편의 눈에 띄길 바랐는지도 몰랐다. 접었던 몸을 얼른 꼿꼿이 세우고 침착하게 커피를 마셨으니까. 남편이 찾아주기만 한다면 못이기는 척 장례식장에 갈 것이다.

이런 바보, 지숙아 너는 이래서 안 되는 거야. 그동안 수많은 나날을 맹세하고 또 맹세하고 다짐했던 것을 벌써 잊어버린 거냐고. 남편의 어쭙잖은 눈길 한번에 무너진다고? 그동안 지숙이 참석하지 않은 장례식장에서 남편이 처가 식구들에게 창피를 당하는 상상만으로 슬쩍 웃음을 흘렸다.

남편은 오래 기다리지도 않았다. 땀이 나도록 들고 있던 핸드폰도 더는 울리지 않았다. 지숙은 남편에게서 다섯 통이 와 있었고 방금 노인을 맡기고 온 형님에게 한 통 그리고 지오에게도 두 통이 와 있는 핸드폰을 물끄러미 바라보다가 전원을 꾸욱 눌러버렸다. 그새 해는 넘어가고 휘황찬란한 불들이 무지막지하게 쏟아졌다. 현란한 빛은 폭력이었다. 숨고 싶었다. 어디로 갈까.

## 3

'엄마 미안해. 인색하게 굴어서 미안해.'

눈물이 지숙도 모르게 주르륵 흘러내렸다. 지오의 전화를 받고 처음으로 흘린 눈물이었다.

햄버거 냄새가 솔솔 풍겼다. 왁자지껄 떠들던 일행들이 이번에는 햄버거를 먹고 있었다. 햄버거를 싼 종이가 버석거리고 쩝쩝거리고 낄낄거리는 것은 다 참겠는데 냄새만은 역겨울 정도로 싫었다. 그 와중에도 기차는 첫 번째 역을 지나 두 번째 역에서 잠시 정차해 승객을 몇 명 태우고 다시 세 번째 역을 향해 달려갔다.

어느 순간 조용해 고개를 돌려보자 옆에 앉은 사람은 고개를 뒤로 한껏 제치고 잠에 빠져 있었다. 일제히 음식을 왕성하게 먹더니만 모두 잠들어 기차 안은 조용했다. 기차는 또 터널 속으로 빠르게 미끄러져 들어갔다. 들판보다 어두운 터널을 더 많이 누비는 기차가 지숙의 마음을 보는 듯했다.

**4**

동이 트자면 아직 한참은 기다려야 할 첫새벽부터 노인의 방에서 부스럭거리는 소리가 들렸다. 지숙은 그 소리가 소름이 돋을 정도로 듣기 싫었다. 밤새 죽지도 않고 아침을 맞이한 노인이 들깨벌레처럼 징그러웠다. 엄마는 땅속에서 썩고 있는데 노인을 위해 아침상을 차리는 일이 한심스러웠다. 그렇다고 정말 노인이 죽기를 바라는 것 같지도 않았다. 노인과 마주치고 싶지 않았다.

밥을 해놓으면 노인과 마주치지 않고는 피할 방법이 없었다. 처음에는 식탁에 밥상을 차려놓고 바쁜 척하며 빨래를 넌다든가 하면서 노인과 마주치지 않도록 애썼다. 그런데 어느 순간부터 노인이 먹은 밥상도 치우고 싶지 않았다. 밥풀이 덕지덕지 묻은 밥그릇과 꼬막 같은 주름을 헤집고 검은 동굴 같은 입속으로 수없이 들락거린 수저에 손도 대고 싶지 않았다.

노인의 국그릇에서 가래침을 맞닥뜨린 날이었다. 노란 콩가루를 듬뿍 묻힌 냉잇국을 국물 한 순가락 남기지 않고 싹싹 비운 그릇이었다. 노인은 콩가루 냉잇국을 좋아했다. 봄을 타는 듯해 지숙은 큰맘 먹고 국을 끓여 올렸는데 되돌아온 것은 누런 가래침이라니. 그날 이후 지숙은 노인을 위해서 아무것도 하고 싶지 않았다. 노인을 위해 밥은커녕 노인의 방 청소와 옷도 빨아주고 싶지 않았다. 평소에도 노인의 속옷을 빨 때 구역질이 나서 겨우 참고 빨았는데 이제는 노인의 몸을 감싼 모든 옷은 보기만 해도 욕지기가 올라왔다.

끈적끈적한 누런 가래침이 지숙의 목구멍을 타고 흐르다가 식도 어디쯤 달라붙어 있는 것만 같아 견딜 수가 없었다. 임신부처럼 욱욱 헛구역질하느라 점심때를 놓쳤다. 때가 되어도 밥 먹으라는 소리가 없자 노인은 궁시렁거리며 몇 번 주방을 흘깃거렸다. 그때마다 지숙이 양변기를 붙잡고 꺽꺽거리면 방으로 슬그머니 다시 들어가곤 했다. 지숙이 일부러 욕실 문을 열어놓았다. 내친김에 그날 저녁도 하지 않았다. 노인도 굶고 지숙도 굶었다. 노인은 자주 방문을 빼꼼히 열고 지숙의 동태를 살피는 듯했지만 어느 순간부터 노인의 방은 밤처럼 적막했다.

들기름을 바르고 보드라운 천일염을 솔솔 뿌려 석쇠에서 구워주었던 엄마표 김이 먹고 싶었다. 금방 김이 칙칙 빠진 압력밥솥 뚜껑을 열고 한 주걱 퍼낸 윤기가 졸졸 흐르는 하얀 쌀밥 위에 그것을 살포시 감싸서 한 입 먹고 나면 바다와 들판의 기운이 그녀의 온몸을 두루 채워준 듯 안온했다. 하얀 소고기뭇국에 쌀밥을 말아 한 그릇 먹고 나면 노인의 등쌀도 귀엽게 받아줄 수 있는 여유도 생길 것 같았다.

## 5

돌아가시기 몇 년 전에 그때도 엄마는 병원에 오랫동안 입원

을 했더랬다. 갑자기 산소 수치가 떨어져서 중환자실에 들어가
길 반복했고 큰 수술도 받았다. 지오를 포함한 동생들은 짬짬이
돌아가면서 병실을 지켰고 소식을 들은 동기간들의 문병으로 병
실이 그득했다. 사오촌 동기간은 물론 외사촌까지 한결같이 입
을 모아 지숙의 병문안 온 사실을 확인하고 또 했다. 마치 그들의
병문안 목적이 지숙이 병문안 오고 안 오고를 확인하기 위해서
인 듯했다. 엄마는 그럴 때마다 지숙을 변호하기에 바빴다.

'갸가 좀 바쁜 아이나. 지 시아버지 모시고 사느라 눈코 뜰 사
이가 없는 아가 바로 갸다.'

그 자리를 빙 둘러싸고 서 있던 동기간들은 환자 앞에서는 애
써 고개를 끄덕이며 이해하는 표정이었다. 그들이 병실 문을 나
서자마자 서로 눈을 맞추며 입을 삐죽일 텐데 그녀는 시종일관
온화한 표정을 짓고 있었다.

지숙은 엄마가 퇴원하고도 몇 달 후에 겨우 짬을 내어 친정에
갈 수가 있었다. 오랜만의 외출에 엄마의 병문안이 목적이었지
만 설렘도 굳이 감출 수가 없었다. 옷 중에 가장 가격이 비싼 크
로커다일 꽃분홍 코트를 입고 그 안에 군청색 니트 셔츠와 자주
색 바지를 받쳐 입었다. 7㎝의 하이힐 구두에 끈이 치렁치렁한
비닐 가방도 들었다. 정육점에 들러 세일하는 우족도 한 개 샀
다. 장작처럼 기다랗고 두툼한 것이 랩에 둘둘 싸여 꼭 옷가게 진
열장에 서 있는 마네킹 허벅지를 뚝 잘라온 듯싶었다.

들판이 봄볕으로 가득차 지숙은 막 피는 노루귀처럼 마음도

봉글봉글 일어났다. 친정으로 가는 빠른 길을 외면한 이유도 봄날의 들판 때문이었다. 곡선의 길은 느렸지만 한없이 유쾌했다. 옆에 생전 처음 본 동년배로 보이는 여자와 수다도 막 떨었다. 창으로 들어오는 노란 햇살에 우족이 자글자글 구워질 지경이었다. 두 시간 거리를 다섯 시간이나 걸려서 친정 동네에 있는 버스터미널에 도착했다. 쇠락한 도시답게 과일가게가 보이지 않았다. 터미널을 뒤로 하고 사거리 입구까지 한참을 걸어 내려오니 과일가게가 나왔다. 딸기는 아예 보이지 않고 시들시들한 오렌지와 그것보다 더 시들시들한 배 몇 개가 박스 구석에서 졸고 있었다. 시든 오렌지 몇 개 사서 택시를 잡았다.

남향집은 넘어가는 석양빛을 온몸으로 받고 있었다. 마루에 달린 여덟 폭의 유리창을 바로 바라볼 수 없을 정도로 눈이 부셨지만 빈집 같은 고즈넉함이 깃들었다. 그걸 증명이라도 할 듯이 나지막한 돌담 한가운데에 달린 파란 대문이 굳게 닫혀 있었다. 지숙이 대문을 슬며시 밀자 요란한 소리를 내면서 열렸다. 손바닥만 한 마당을 가로질러 마루를 통하는 미닫이 유리문을 외면하고 가장자리에 있는 부엌문을 잡아당겼다. 작은 골마루를 지나서 부엌으로 들어가는데 골마루 한가운데가 옴푹 꺼져 삐걱거리는 소리도 났다. 주방으로 들어가는 섀시문 여닫는 소리에 그때서야 방안에서 인기척이 들렸다.

"누구니껴?"

귀를 집중하지 않으면 들리지 않을 정도로 작은 목소리였다.

지숙은 가슴이 먹먹했다.

"누구 왔니껴?"

지숙은 목소리를 얼른 가다듬었다.

"엄마, 나 왔어."

미닫이 유리문이 드르륵 열렸다. 엄마는 눈앞에 서 있는 지숙을 보면서도 믿지 못하겠는지 자꾸 바라봤다.

"아이구 야야, 바쁠 텐데 어찌 왔노."

목소리에 울음이 섞여 있었다. 눈물을 보일까봐 짐짓 시선을 돌리면서도 지숙이 예고 없이 나타난 게 믿을 수 없는지 자꾸 바라봤다. 지숙은 그제야 들고 왔던 우족과 오렌지 봉지와 비닐 가방을 내려놓았다. 지숙은 마음속으로 몇 년 만에 엄마 얼굴을 보는 걸까 헤아리면서 찬찬히 살펴보았다. 허리에 넓적한 복대를 차고 있었고 등이 매우 구부정했다. 무엇보다도 얼굴에 병색이 완연했다. 목소리처럼 걸음도 힘차지 못해 백 세 노인처럼 하느작하느작 걸었다. 꼭 길쭉한 깃털이 움직이는 것 같았다. 조금 어둑한 방안을 넘어가는 햇살이 부드럽게 비춰주고 있었다.

"엄마 좀 괜찮아?"

지숙은 딱히 할 말이 없어서 뻔한 말을 물어봤다.

"그럼 괜찮고 말고. 괜시리 바쁜 니들 걱정이나 시키고 엄마가 면목이 없다. 바쁜데 왜 왔노. 사돈어른 수발은 어찌하고?"

"당연히 와야지. 오랫동안 입원해 있을 때 한번 병문안도 못 가보고. 그이가 좀 바빠야지."

"왜 안 그렇겠노. 바쁘고 말고지. 젊은 사람이 바빠야지. 그래 하룻밤 자고 오라고 하더나?"

"그럴 시간은 없고 조금 있다가 돌아가야 해."

"아이구야, 곧바로 돌아가려면 피곤할 텐데 어쩌노. 엄마는 이제 다 나았는데. 나중에 시간이 되면 그때 편안하게 오지 않고."

"그때 되면 며칠 머물 수 있을 거야. 지금은 벌여놓은 일이 있어서 매우 바쁘네."

지숙은 하룻밤도 자지 못하고 돌아가야 하는 사실이 죄송하고도 부끄러워 또 거짓말을 주절주절 늘어놓았다.

"가려면 해 지기 전에 가야지 이레 노닥거릴 시간이 있나? 저녁해줄 테니 얼른 먹고 가거라."

"밥은 무슨, 점심을 늦게 먹어서 배가 안 고프네."

지숙은 점심은커녕 아침도 먹지 못한 맨입이었지만 또 거짓말을 했다. 그렇지만 지숙을 누구보다 잘 알고 있는 엄마가 지숙의 거짓말을 눈치채고도 남을 일이었다. 지숙도 엄마 못지않게 다크서클이 잔뜩 내려앉은 초췌한 얼굴에 입술이 바싹 말라 거스러미가 끼어 있었다. 엄마는 얼른 쌀을 씻어 압력밥솥에 안치고 그제야 지숙이 들고 온 보따리를 풀어봤다.

"바빠 잘라주지 못한다고 해서 그냥 통째로 들고 왔는데 어쩌지?"

"괘않다. 도끼로 몽당몽당 잘라서 연탄불에 폭 고면 될끼다. 돈이 꽤 나갈 텐데 이런 거는 뭐한다고 사왔노. 얼굴이나 보여주면 되지. 과일도 냉장고에 잔뜩 있는데 사 왔구먼. 아이구야, 주먹덩이만 한 게 맛있어 보이네. 요새는 끝물이라 아주 비쌀 텐데 이 귀한 것을 왜 사왔노. 아랫집에 몇 덩이 나누어줘도 되겠구먼."

"아랫집에?"

"그 집 딸래미가 뭘 사오면 맛보라고 꼭 가지고 오잖아."

"별것도 아닌데."

"별것 아니긴 그런 말 말아라."

엄마는 냉장고 있는 소고기를 송송 썰어 참기름에 들들 볶다가 물을 붓고 다시 냉장고를 뒤져 무를 꺼내 나박나박 썰었다. 그새 고기가 끓으면서 거품이 일자 숟가락으로 걷어내고 무를 넣고 한소끔 끓일 태세다. 찬장에 넣어둔 김을 꺼내 들기름으로 싹싹 바르고는 고운 소금을 조금 뿌려서 석쇠에 몇 장 얼른 구웠다. 다시 냉장고를 뒤지더니 새치를 한 토막 꺼내 프라이팬에 노랗게 굽자 약속이나 한 듯이 밥솥의 김이 치직치직 빠지며 밥이 다 되었다는 음성이 흘러나왔다.

나뭇결이 선명한 붉은 두리반을 펼치고 이 모든 것을 차례로 접시에 가지런히 담아 올렸다. 윤이 잘잘 흐르는 쌀밥에 하얀 소고기뭇국 냄새를 맡자 지숙은 시장기가 뭉클 올라오면서 가슴도 먹먹해졌다. 숟가락을 냉큼 들지 못하자 엄마가 얼른 지숙의 손에 숟가락을 집어주었다.

"어여 먹고 가라. 무엇보다도 속이 든든해야 하니라."

"아이고 참, 누가 보면 내가 아픈 사람인 줄 알겠네. 엄마도 같이 먹지."

"그래, 내 걱정은 하지 말고 얼른 먹어라. 이래 말라서 사돈어른 끼니나 제대로 차리는지 모르겠네."

엄마는 지숙이 숟가락을 들고 가만히 있자 얼른 밥을 반 공기 푸고 국을 퍼서 지숙 맞은편에 놓고 앉았다. 지숙은 하얀 쌀밥에 갓 구운 김을 돌돌 싸서 입에 넣고는 그게 미처 넘어갈 사이도 없이 소고기뭇국을 한 숟가락 퍼먹었다. 들기름을 넣고 조물조물 무친 두릅을 먹으면서 벌써 두릅이 나올 때가 됐나 싶었다.

"작년에 따서 얼려놓았지. 좀 질기제?"

지숙의 마음을 읽기라도 했는지 척척 말하면서 밥 위에 파란 두릅을 올려주었다. 지숙이 수저를 놓자마자 얼른 일어나라고 채근했다. 막차가 늦게까지 있다고 했지만 막무가내였다. 젊은 여자가 밤 늦게 다니면 좋지 않다고 했다. 사돈어른 저녁은 못해드려도 잠자리에 들기 전에 들어가야 안심이 될 거라며 자꾸만 가라고 독촉했다. 지숙을 배웅하면서 오렌지를 몇 알 들고나왔다. 지숙은 아랫집 아주머니와 부딪히기 전에 얼른 도망가고 싶었다. 너는 왜 그 모양으로 사냐고 한마디 할 것 같았다. 동네에서 가장 공부 많이 한 사람이 엄마 몰라라 하고 그렇게 이기적으로 살면 안 된다고 질책할 것만 같았다.

# 6

 지숙은 닷새 만에 집으로 돌아왔다. 마치 엄마 장례를 치르고 삼우제 지내자마자 돌아온 꼴이었다. 빈집일 듯해 문을 열자 맙소사 병원에 있어야 할 노인이 집에 들어앉아 있었다. 그것도 생판 모르는 사람과 함께였다. 여자는 지숙이 들어오자마자 가방을 싸서 뒤도 돌아보지 않고 나가버렸다. 여전히 어리벙벙하게 서 있던 지숙이 신발도 제대로 신지 못한 채 따라나섰다. 여자는 머리를 절레절레 흔들며 엘리베이터 안으로 사라졌다.
 결국 남편은 장례식장에 가지 않았다. 아니 혼자 가긴 가서 이것저것 변명하고 있을 때 노인이 그를 구출했다. 지숙이 보이지 않자 노인이 소동을 벌였다. 지숙이 어디로 도망을 갔느냐며 소리를 치며 난리를 부려 지숙의 형님이 남편에게 전화했다. 남편은 이것보다 더 좋은 기회가 없었다. 노인이 갑자기 위독하다며 물고기처럼 장례식장을 유유히 빠져나왔다. 그러고는 병원으로 돌아와 곧바로 퇴원 수속을 밟아버렸다. 간병인도 부랴부랴 구했다.
 지숙을 보자마자 노인은 기다렸다는 듯이 옷에 똥을 한 바가지나 싸놓았다. 병을 핑계로 지숙을 골탕먹이려고 일부러 심술을 부리는 것 같았다. 묵묵히 치우고 목욕도 시키고 옷도 갈아입혔다. 노인은 이제 부끄럼도 타지 않았다. 어쩌다 실수로 똥을 지려서 씻기려고 들면 한사코 씻기를 거부한 적이 아주 오래된 일인 듯싶었다. 똥 싼 만큼 밥도 그만큼 먹고 잠든 후에 지숙은 그제야 입고 있던 옷을 갈아입을 짬이 생겼다. 남편이 들어오는 기척이 있었지만 나가보지 않았다.

남편도 방문 앞에 잠시 서성거리는 눈치였다. 문을 두들긴다거나 부르지는 않았다. 한숨 소리가 가느다랗게 들리더니만 이내 현관문 열리는 소리가 다시 들려왔다. 쪼그리고 앉아 있던 지숙은 무릎에 얼굴을 묻고 울었다. 큰소리를 내서 엉엉 울고 싶었지만 울음소리에 기껏 재운 노인이 일어날까봐 마음놓고 울지도 못했다. 그래도 울음이 비어져나와 이불을 뒤집어쓰고 수건으로 입을 틀어막고 울었다.

지오가 길게 문자를 보내왔다. 엄마가 물고기처럼 눈 뜬 채 저 세상으로 갔다고 했다. 그게 부끄러워 아버지와 합장을 거부한 듯하다고 했다.

하긴 지숙만 남편을 원망하고 남편은 지숙을 원망하는 마음이 없을까. 하늘을 가리고 땅을 가리면 가려지는 걸까.

## 7

그날 지숙은 목욕탕 문을 걸지 않고 샤워를 했다. 남편이 석 달이 넘도록 집에 돌아오지 않은 나날이었다. 사업 핑계를 댔지만 생활비를 가져다준 게 언제였는지 기억에도 없다.

노인이 매달 생활비 명목으로 지숙에게 건네주면 지숙은 두 무릎을 착 꿇고 받았다. 그걸로 노인의 밥상을 차리고 병원에 모시고 다녔다. 지숙 개인을 위해서 티셔츠 한 장 사 입지 않았는데 왜 그런 태도로 받았는지 알 수가 없다. 밥도 고양이 눈물만큼 먹었으니 얻어먹었다고 할 수도 없었는데 늘 기가 죽어 있었다. 그냥 남편이 하는 대로 따라했을 뿐이었다. 분명 병을 앓고 있는 노인인데도 저항할 수 없는 어떤 기운이 흘러나왔다.

결혼한 지 몇 년이 흘렀지만 아이가 생기지 않았다. 하긴 집에서 제대로 남편의 품에 안겨본 적이 있어야 별을 따지. 노인의 발걸음 소리에 잠을 잘 수가 없었다. 어쩌다 남편 품에 안겨 있는 날이면 노인은 밤새도록 거실에서 왔다갔다, 냉장고 문을 열었다 닫았다 해 지숙은 몇 번이나 주방으로 달려나와야 했다. 시장하시느냐고 물으면 아니다 그냥 잠이 안 와서 그런다며 지숙의 눈을 쳐다보지도 않고 작은 소리로 중얼거렸다. 천 개의 눈동자가 지켜보는 것 같아 숨을 쉴 수가 없다며 남편이 투덜거렸다. 남편이 집을 저당잡히고 대출을 받아 가상화폐를 샀는데 그게 깡통계좌로 전락해버린 시절이었다.

노인이 거실에 앉아서 아파트가 떠나가도록 텔레비전을 켜놓았다. 음정 박자도 무시한 채 노래를 따라부르기도 했다. 전국노래자랑 프로그램이었다. 노인의 기분이 좋아보여 샘이 난 줄도 모르겠다. 꼭 아들이 몇 달째 꼴도 보이지 않아 기분이 상쾌한 것 같았다. 그 와중에 지숙이 거실로 들락날락하자 처음 인사를 왔을 때 바로 그 눈초리로 자꾸 힐끔거렸다.

지숙은 노인이 거실에 있는 날에는 절대로 욕실에 들어가지 않았다. 언제 한번 무심하게 욕실에서 볼일을 보고 나오다가 노인의 눈과 딱 마주친 적이 있었다. 심장이 얼어붙는 줄 알았다. 그 눈은 괴괴했고 축축했다. 노인은 대부분 거실에서 대형 텔레비전을 켜놓고 생활했다. 아예 거실 소파에 이부자리를 올려놓고 밤이면 그걸 덮고 잠들 때가 더 많았다. 어느 날은 너무 참을 수가 없어서 노인이 거실에 있어도 욕실에 들어간 적이 있었다. 문을 꽁꽁 잠그고도 안심이 되지 않아 문에 빨래판을 기대어놓고 물이 한가득 담긴 스테인리스 세숫대야를 그 앞에 놓아두고서야 볼일을 볼 수가 있었다.

아주 오랫동안 샤워를 해 손가락이 퉁퉁 불 지경이었다. 전국노래자랑 프로그램 소리가 커다랗게 들렸다. 노인이 볼륨을 최대한 높이는 듯했다. 지숙도 질세라 샤워 꼭지를 가장 세게 돌렸다. 해바라기 샤워기는 물소리가 우렁찼다. 텔레비전 소리가 뚝 그쳤다. 지숙도 질세라 샤워 꼭지를 잠갔다. 대낮인데도 한밤중처럼 적막했다. 욕실 문 앞으로 발걸음 소리가 하느작하느작 꼭뱀 스치듯이 들려왔다. 문 앞에서 잠시 망설이는 듯했다. 지숙도 모르게 침이 꼴깍 넘어갔다. 문밖의 노인네도 침을 삼키는 소리가 들렸다. 이윽고 문고리를 천천히 돌리는 기척이 났다.

지숙은 그때까지 벽을 향해 돌아서 있었다. 지숙은 망설였다. 이대로 있을까 아니면 몸을 돌려볼까. 노인이 문을 닫을까 조바심이 났다. 마치 실수한 것처럼 의뭉을 떨면 헛일이었다. 그래서 몸을 휙 돌렸다. 노인의 눈을 피하지 않고 똑바로 바라봤다. 노인도 지숙의 눈을 피하지 않고 똑바로 보고 있었다. 마치 눈싸움을 하는 것 같았다. 노인이 졌다. 노인이 눈길을 거두고 욕실 문을 닫고 방으로 슬그머니 들어갔다.

그날 이후로 노인은 대부분 방에서 생활하고 식사 때면 식탁으로 나왔다. 생활비를 받기 위해 두 무릎을 꿇을 필요도 없었다. 식탁 위에 노인의 전 재산이 들어 있는 통장이 있었다. 지숙의 작전은 성공했다.

노인의 눈길은 처음 남편과 인사를 드리려 간 날부터 마음에 들지 않았더랬다. 꼭 축축한 혀가 목덜미를 핥는 것만 같아 아주 불쾌했다. 그때는 치매는커녕 아주 건강한 홀아비 교장 선생이었다. 그날 노인은 집을 물려줄 테니 아들과 결혼하게 되면 같이 살자고 했다. 노인의 말은 곧 법일까. 가격이 꽤 높은 아파트가 남편에게 돌아가자 형님 부부는 입을 삐죽이며 모든 일에 비협조적이었다.

남편이 지숙을 들들 볶았다. 노인이 다른 사람 말은 안 들어도 지숙 말은 잘 듣는다는 이유였다. 노인의 퇴직금이 고스란히 남아 있을 때였다. 지숙은 이번만큼은 남편의 부탁을 들어주고 싶지 않았다. 빼도 박도 못할 수렁에 빠질 듯한 느낌이 들었다. 하지만 남편의 집요한 요구를 거절할 배짱도 없었다. 사채업자에게 잡혀 쥐도 새도 모르게 죽을 수도 있다는 말에는 지숙이 더 안절부절못하였다.

## 8

 라면 스프 냄새가 방문 밖으로 솔솔 흘러나왔다. 지숙은 그 와중에도 마음이 놓였다. 오랜만에 마당으로 나왔다. 계곡을 빽빽이 채우며 피어오른 안개가 마치 커다란 구렁이가 꿈틀거리며 내려오는 듯했다. 마을은 안개바다에 빠졌다. 안개바다는 천 길 보다 깊어 아무것도 보이지 않았다. 해가 제일 먼저 찾아오던 맞은편 산봉우리 하나만 달걀귀신처럼 동동 떠 있었다. 산봉우리 아래에도 깊은 안개의 바다가 흘렀고 그것이 떠받치고 있는 하늘도 짙은 회색의 구름으로 뒤덮였다.

 봄비가 보슬보슬 내리고 있었다. 지숙은 안개바다에 풍덩 빠지고 싶은 마음에 견딜 수가 없었다. 멀리서 보면 지숙도 보이지 않겠지만 그녀는 더 은밀하고 더 깊은 곳에 몸을 숨기고 싶은 미혹에 사로잡혔다.

 매번 집 뒤로 길게 나 있는 산길을 맥없이 바라보기만 했다. 산길은 가팔랐고 아침녘에 산허리를 감싼 안개로 지척이 보이지 않을 때면 그 길도 속수무책으로 안개 속에 폭 싸여 있었다.

 지숙은 무엇에 쫓기듯 산길을 빠르게 올라갔다. 길가로 보라색 노루귀와 하얀 노루귀가 마른 나뭇잎과 안개 사이로 언뜻언뜻 보였다. 숨이 턱까지 차올라 심장이 터질 듯했다. 진달래 한 송이 달린 나뭇가지 옆에 멈춰 서서 호흡을 골랐다. 하필이면 무덤 옆이었다. 봉긋이 솟아오른 무덤이 아슴푸레 보였다. 아담한 비석도 하나 있었다. 무덤은 한쪽 옆구리가 많이 파헤쳐져 있었다.

안개와 보슬비는 무덤 주인이 나들이하기 좋은 조건이었다. 지숙 옆에 서 있다고 해도 잘 보이지 않을 테다. 반대로 지숙이 그 자리에 들어가 한숨 늘어지게 자고 싶었다. 제대로 잠을 자본 지가 언제인지 기억할 수가 없었다. 긴 손톱을 세워 무덤 옆구리를 헤집고 싶은 강한 유혹을 떨쳐내려고 도망치듯 가파른 길을 허겁지겁 올라가자 산꼭대기였다.

거기서 노란 양지꽃이 융단처럼 깔린 능선을 타고 얼마쯤 더 가자 삼각형 종이를 접었다가 반쯤 펼쳐놓은 듯한 협곡이 발아래로 길게 펼쳐졌다. 한쪽 면에는 연초록 소나무 군락이 한쪽 면에는 붉은 낙엽송 군락이 마주 보고 나란히 서 있었고 가운데에는 노란 억새가 부드럽게 흔들렸다. 얇은 망사 같은 안개는 이 모든 것을 보여주다가 숨기다가 했다. 협곡은 바다 밑까지 닿을 듯해 지숙의 몸도 잘 숨겨줄 것이다. 남편이 집에 오지 않은 지 일 년째였다.

목소리, 눈 내리는 날

# 목소리, 눈 내리는 날

**밑밥**

절기상으로 소설이었지만 어제와 같은 오늘이었다. 날씨는 맑았고 조금 쌀쌀해 소파 옆에 전기난로를 켜놓았다. 직장인이나 반갑지 그날이 그날인 자영업자에게는 특별히 설렐 것도 없는 금요일이었다. 페이스북에 소설에 관한 짧은 단상을 올려놓고 조회수를 확인하며 평온한 하루를 보내고 있었다.

오후 4시 넘어서 전화가 한 통 걸려왔다. 수화기 너머로 대뜸 충성을 외치며 군부대 백 소위라고 소리를 질렀다. 동숙은 가게에서 5㎞ 거리 있는 군부대가 떠올랐다. 이십여 년이나 넘게 거래했던 단골이었다. 백 소위 얼굴은 떠올릴 필요가 없었다. 얼굴을 익힐 만하면 다른 곳으로 가버리거나 제대해 매번 담당이 바뀌었으니까.

백 소위는 대뜸 급하게 팀조끼 150장이 필요한데 다음 주 화요일까지 가능하겠냐고 물었다. 동숙은 벽에 걸려 있는 시계와 옆에 놓여 있는 탁상달력을 번갈아 쳐다봤다. 이미 오후 4시가 넘어 월요일이나 주문할 수 있었다. 백 소위에게 팀조끼에 글자를 인쇄하느냐고 물었더니 한다고 했다. 그러면 시간이 촉박해서 불가능하다고 말했다.

백 소위는 그럼 언제쯤 가능하냐고 물었다. 급하게 서두르면 수요일이면 도착하겠지만 만약의 사태가 일어나지 않으리라는 보장이 없었다. 제날짜에 잘도 오던 물건도 기다리고 있으면 오지 않았다. 그런 경우를 몇 번 겪다보니 급한 상품일수록 더 시간을 넉넉하게 두어야 조급하지 않았다.

목요일이나 가능하다고 말하면서 취소하면 어떡하지, 이런 생각도 들었다. 괜히 하루 늦추어 물건만 팔지 못하는 불상사가 일어날까봐 마음이 조릿조릿했다. 다행히도 자기가 윗전에 잘 말해서 시간을 늦출 테니까 목요일까지 꼭 해달라고 했다. 사극에서나 들을 수 있는 윗전이라는 단어를 썼다. 그는 팀조끼 사진을 몇 장 본인의 핸드폰 카톡으로 보내달라고 했다. 물건이 취소되지 않아 가슴을 쓸어내리면서 그가 불러준 01080★★8173 번호를 핸드폰에 저장하자마자 카톡이 날아왔다.

"안녕하십니까. 방금 연락드린 소위 백도한입니다. 참고하고 보고드릴 수 있는 팀조끼 사진 보내주시면 됩니다."(오후 5:26)

동숙은 카탈로그에 있는 팀조끼 몇 장을 사진 찍어 보냈다. 사진을 보내기 전에 거래처에 상품이 가능한지 물어보기도 했다. 급하게 주문했는데 그 상품이 없으면 복잡해지기 때문이었다. 또 목요일에 상품이 도착한다고 말했지만 잘못 듣고 화요일에 상품을 찾으러 올지 걱정이 되었다. 도착 날짜를 명시해놓는 김에 가격도 함께 카톡으로 보냈다. 그러고 보니 백 소위가 팀조끼 가격을 물어보지 않았다.

"혹시 색상 중에 잘 판매되는 색상 있나요?"(오후 5:46)

"형광색과 빨간 색이 인기가 좋아요."(오후 5:48)

"참고해서 보고드리고 색상 정해서 말씀드리겠습니다."(오후 5:48)

다음날 토요일 10시 19분에 다시 소위 백도한입니다라는 카톡이 날아왔다.

"보고드렸는데 형광 노랑, 적색, 형광 연두색으로 각각 50벌씩 준비해주시면 됩니다."(오전 10:28)

"적색은 형광 적색인가요?"(오전 10:32)

동숙이 보낸 사진에는 적색이 없었기 때문에 물어봤다.

"형광 적색 맞습니다."(오전 10:33)

"사이즈는요?"(오전 10:36)

"사이즈는 프리사이즈로 해주시면 됩니다."(오전 10:36)

"M~3XL까지 있는데 대체로 L~XL 많이 해요."(오전 10:41)

팀조끼에 프리사이즈가 없어서 동숙은 잘 나가는 사이즈를 추천했다.

"네 알겠습니다. 그리고 견적서 1부 부탁드리겠습니다."(오전 10:42)

"견적서는 메일로 보내드릴까요?"(오전 10:43)

"카카오톡으로 보내주셔도 됩니다."(오전 10:43)

그날 문학동인지 발행 때문에 동숙의 가게에서 원고 교정을 보고 있었다. 이것도 시일이 촉박해 회장과 둘이 교정을 보고 있었다. 급하긴 엄청 급한 모양이라고 생각했다. 대체로 토요일에는 주문하지 않기 때문이다. 회장을 앞에 앉혀놓고 교정은커녕 백 소위와 카톡만 하고 있어 미안했는데 또 견적서까지 만들어 보내라니 더 죄송해 엉구락을 떨었다.

"요즈음은 견적서도 그냥 카톡으로 곧바로 보내라고 하네요. 오늘 토요일인데 엄청 급한가봐요."

"손님이 원하면 얼른 해주어야지요."

"장사하기가 점점 힘들어요. 이제는 가게로 오지도 않고 손가락 하나로 물건을 주문하니 따라가기에 벅차네요."

"시류가 그러니 어쩌겠어요. 따라가야지요."

동숙이 견적서를 만들려고 컴퓨터 앞에 앉자 교정은 이 정도 보면 괜찮을 것 같다며 얼른 일하시라며 회장이 가게 문을 나섰다.

수신처에 정확한 명칭을 기재하기 위해 다시 카톡을 보냈다. 전에도 몇 번 견적서를 보냈지만 백 소위에게 직접 확인하는 게 좋을 듯했다.

"3대대인가요? 정확한 명칭요."(오전 10:51)

"대관령부대 3대대 소위 백도한입니다."(오전 10:54)

대관령은 동숙이 사는 곳에서 자동차로 한 시간이나 걸리는 먼 거리에 있는 부대였다. 동숙은 고개를 갸웃거리며 그동안 명칭이 바뀐 모양이라고 생각했다. 요즘 워낙 통합이 많아 이것도 통합이 된 모양이라고 지레짐작하면서 견적서를 만들어 보냈다.

"확인하고 월요일날 지출결의서 작성해서 보내드리겠습니

다."(오전 11:07)

"사이즈와 글자 내용도 함께 보내주세요."(오전 11:11)

"사이즈는 프리사이즈 형광 노랑-1중대, 형광 적색-2중대, 형광 연두-본부중대입니다."(오전 11:13)

없는 프리사이즈를 자꾸 고집해 프리사이즈와 가장 가까운 XL로 토요일임에도 불구하고 곧바로 거래처에 주문했다. 그러면서도 그동안 지출결의서 작성은 없었는데 희한하네야 했다. 그렇지만 뭐 그 사이에 또 바뀐 모양이라고 생각했다. 댓글을 달기 번거로워 하트 한 개를 날려보냈다.

일요일은 조용했다.

월요일 점심으로 라면에 만두 몇 개 넣고 끓이고 있는데 백 소위에게 카톡이 왔다. 지출결의서를 작성해서 보내드렸다면서 확인하고 수정할 부분이 있으시면 연락 부탁드린다는 내용이었다. 만두를 끓이다 말고 수령 날짜가 화요일로 되어 있어서 동숙도 카톡을 보냈다.

"수령 날짜가 11월 28일 목요일인데요."(오후 12:15)

"수정해드리겠습니다."(오후 12:15)

그새 면발이 불은 만두라면으로 상을 차려 막 먹으려고 할 때 카톡이 또 날아왔다.

"수정해서 보내드렸습니다."(오후 12:22)

"네 확인했어요."(오후 12:25)

"수성할 부분 없으신가요?"(오후 12:25)

'수성'이라고 썼지만 동숙은 만두를 한입 베어물면서 '수정'으로 읽었다.

화요일 역시 점심때쯤에 이번에는 거래처에서 카톡이 왔다. 형광 연두색 팀조끼 등에 검은 색으로 1중대라고 인쇄한 사진이었다. 글자 크기와 위치가 제대로 된 것인지 확인하는 차원이었다. 제대로 된 것 같았지만 백 소위 생각이 어떨지 싶어 그 사진을 전달했다.

"이렇게 나오면 되죠? 이 위치에?"(오후 12:45)

"네 맞습니다."(오후 12:45)

"도착하시면 연락주십쇼."(오후 12:46)

동숙은 알았다고 카톡을 보내면서도 독특한 어투와 비문에 고개를 갸웃거렸다.

뜬금없이 그날 오후 5시쯤에 백 소위에게서 아주 말랑한 카톡이 왔다.

"감사합니다.그러면 준비 잘 부탁드리며오늘 하루도 고생 많으셨습니다.편안한 저녁 시간 보내십쇼."(오후 5:10)

띄어쓰기가 세 군데나 틀렸고 어투도 낮에처럼 이상했지만 신세대라서 그런 모양이라고 생각했다. 자꾸 댓글 다는 것도 번거로워 이번에도 하트 하나 날려주었다.

수요일에 예정대로 상품이 도착하자 백 소위에게 카톡을 보냈다. 당장이라도 달려올 줄 알았건만 내일 시간 맞춰서 출발하도록 하겠습니다,라는 카톡으로 대신했다. 이번에도 띄어쓰기가 세 군데나 틀렸다.

### 디데이에 작업 1

　목요일 동숙은 알람 소리에 잠이 깼다. 새벽기도를 가기 위해 늘 4시 40분에 맞추어두었다. 베란다로 나서자 유리창 밖이 희끄무레했다. 첫눈이었다. 마당에는 벽을 따라 고양이 발자국이 동그란 꽃잎처럼 뿅뿅 찍혀 있었다. 나간 발자국만 보였다. 작년에 만삭의 배를 땅에 질질 끌고 집으로 들어온 길고양이가 불쌍해 사료를 챙겨주었더니 아예 마당 귀퉁이 창고에 둥지를 틀고 새끼를 낳았다. 털이 샛노랗다고 망고라는 이름까지 지어서 집고양이처럼 키웠다. 새끼가 조금 크자 또 새끼를 다섯 마리를 낳고 돌보느라 분주하더니 스트레스를 풀러 놀러나간 모양이라고 짐작했다. 교회 옆으로 시멘트 다리가 길게 놓여 있었다. 그 다리를 건너야만 교회에 갈 수가 있어 꼭 교회 수문장처럼 보였다. 다리 밑으로는 검은 강물이 가로등 불빛에 반짝이며 흘러내렸다. 다리 옆으로 설치된 보행자용 나무 데크에는 앞서간 사람 발자국이 선명하게 찍혀 있었다. 고양이처럼 한 사람의 발자국이었다.
　'첫눈치고는 모양 빠지게 내렸네.'
　동숙은 발자국만 겨우 찍을 수 있는 첫눈의 양이 마음에 들지 않아 혼잣말을 중얼거렸다. 눈은 동숙의 말을 듣기라도 한 것 같았다. 새벽기도를 다녀와서 따뜻한 방바닥에 등지짐을 하며 한잠 자고 일어나자 거실 창밖은 딴 세상으로 변해버렸다. 동숙이 잠깐 자는 동안 도둑처럼 내린 눈이 마당에 살구나무와 매실나무와 자두나무들과 집 앞으로 펼쳐진 밭들과 더 멀리 자리잡은 학교 건물과 운동장을 다 집어삼켰다. 텔레비전 속도 마찬가지였다. 첫눈이 폭설로 내려 전국이 눈으로 인해 비상사태가 발생했다.

아침에 출근해 가게 앞에 내린 눈을 치우고 들어서자마자 01080★★8173 번호로 전화가 왔다. 입력되어 있지 않은 번호였다. 백 소위였다. 백 소위 번호를 저장 안 했던가. 카톡에 백 소위로 뜨면 전화에도 자동으로 뜰 텐데 희한하네야 하면서 통화했다. 그러고 보면 백 소위와 전화든 카톡이든 하면서 동숙이 '희한하네야'라는 말을 심심찮게 하고 있었다. 백 소위는 도착한 팀조끼를 사진 찍어 보내달라고 했다. 동숙은 사진을 몇 장 찍어서 보냈다.

"네 감사합니다. 보고드리고 연락드리겠습니다."(오전 10:04)
보내자마자 백 소위에게 온 카톡 내용이었다.

11시 6분에 같은 번호로 또 전화가 왔다. 여전히 왜 백 소위로 뜨지 않는지 궁금했지만 더 생각해볼 틈이 없었다. 백 소위가 'MRE 전투식량 판매처를 소개해달라'는 내용이었다. 동숙은 처음 들어보는 용어라서 그게 뭐냐고 물어봤다. 그는 군인들이 훈련 나가서 뜨거운 물만 부으면 먹을 수 있는 음식이라고 설명했다. 동숙은 그의 말끝에 '아 그 레토르트 같은 음식이군요' 하면서 아는 곳이 없다고 하자 한 시간 후에 전화할 테니 제발 좀 알아봐

달라고 했다.

 밖에는 여전히 백석의 시구처럼 눈이 푹푹 내리고 있었다. 동숙은 폭설로 온 나라가 비상이니 군인들도 비상이 걸린 모양이라고 짐작했다. 비상훈련을 해야 하는데 식량이 없다니 큰일이라는 생각이 들었다. 백 소위가 전투식량판매업체를 묻기 전에 윗전에서 팀조끼 사진을 보고는 아주 만족해하더라는 말에 동숙도 기분이 좋았다. 시안을 보여주었는데도 글자가 마음에 안 든다니 위치가 다르다니 하면서 트집을 잡는 일이 왕왕 생기기도 했으니까. 아무래도 전투식량을 못 구하면 백 소위가 윗사람에게 혼이 날 것만 같았다.

 마침 동숙의 남편인 하섭이 마을 눈길을 치우고 가게로 들어왔다. 힘에 부쳤는지 툴툴대며 대뜸 가게 한쪽에 쌓여 있는 팀조끼 박스를 보면서 저건 왜 아직 안 찾아가느냐고 물었다. 동숙은 지금껏 관심도 없다가 잔소리하자 신경질이 났다. 지출결의서에 저녁 6시에 온다고 명시까지 되어 있었다. 그리고 보니 서류에 몇 시에 찾으러 온다고 명시되어 있는 것도 처음이었다. 하여간에 문서에 명시되어 있는 것보다 더 믿음직스러운 것은 없을 테니 저녁 6시에 찾으러 올 거라며 조금 퉁명스럽게 대답했다.

 백 소위가 전투식량업체 좀 소개해달라는데 아는 곳이 있느냐고 물었다. MRE는 쏙 뺐다. 여전히 알 수 없는 용어라 금방 잊어버렸으니까. 하섭은 갑자기 무슨 전투식량이냐고 하면서도 누구에게 전화를 뚝뚝 걸었다. 전화기를 들고 한참 이야기를 나누더니 전화 오면 아는 곳이 없다고 하라고 했다. 11시 41분에 백 소위로부터 보이스톡이 왔는데 그건 받지 못했다.

  11시 46분에 같은 번호로 전화가 왔다. 백 소위가 알아봤냐고 물었다. 동숙은 아는 곳이 없다고 말했다. 난감해하던 백 소위는 사실 자기 부대에서 3년 동안 거래했던 군납업체가 있었다고 했다. 한 박스에 14만 원 하던 거를 올해 17만 원으로 올려달라는 말에 윗전에서 화를 내며 거래를 끊었다고 했다. 그 업체의 명함을 보내줄 테니 대신 하루치 전투식량을 주문해달라고 했다. 그러면 저녁 6시에 팀조끼 찾으러 가서 팀조끼는 카드 결제하고 전투식량은 계좌이체를 해주겠다고 했다. 업체에서 누구에게 소개받았냐고 물어보면 말하지 말라는 말도 했다.

  이런 일이 왕왕 있었다. 작년에 부대에서 라인기를 구매하면서 거기에 필요한 횟가루는 가게에서 취급하지 않아 철물점에서 사서 마치 가게에서 판 것처럼 서류를 같이 꾸며 납품했더랬다. 물건 한 가지 구입해도 온갖 서류를 다 만들어야 하니 편리성을 따져서 부탁하면 군말 없이 들어주었다. 이것도 그런 맥락이었다. 더군다나 아직도 눈이 펄펄 내리는데 비상식량이 없으면 병사들이 굶는 것은 아닌지 걱정되는 마음이 컸다.

  백 소위가 11시 51분에 명함 한 장을 보냈다. 코리아유통 영업부장 김호중과 전화번호가 파랗게 인쇄되어 있었다. 대뜸 트로트 가수 김호중이 떠올랐지만 동명이인이 한두 명도 아니고 이 사람도 꽤 놀림을 받겠구나 싶었다. 이어서 카톡도 하나 날아왔다.

"상품명:MRE 전투식량 수량:70박스 당일배송이 가능한지 몇 시에 도착하는지 물어봐주고 연락부탁드리겠습니다."(오전 11:51)

동숙은 띄어쓰기가 몇 군데나 틀린 카톡을 읽으면서 70박스도 70박스지만 당일배송은 불가능할 것 같았다. 명함에 있는 주소가 서울도 아닌 인천이던데 당일배송을 해줄 것 같지 않았다. 또 70박스도 불안했다. 대충 계산해도 1,000만 원이 가까웠다. 아무리 저녁에 와서 준다고는 하지만 살짝 겁이 났다.

마침 하섭이 맞은편에 앉아 있었다. 그에게 전화를 걸어보라고 떠넘겼다. 그도 귀찮게 별것을 다 시킨다고 투덜거리면서도 부대와의 거래가 한두 해도 아니니 들어줄 수 있으면 들어주긴 해야 한다고 생각하는 것 같았다. 명함에 나와 있는 번호를 그의 핸드폰으로 꾹꾹 눌렀다. 신호는 가는데 전화를 받지 않았다. 전화를 받지 않자 동숙은 오히려 개운했다. 백 소위에게 카톡을 보냈다.

"계속 전화 받을 수 없다는 음성만 나오네요."(오전 11:59)

12시에 동숙 핸드폰으로 전화가 왔다. 하섭 핸드폰으로 전화했을 때 받지 않았던 김호중 핸드폰 번호였다. 전화를 받자 대뜸 부재중 전화가 떠서 전화를 해본다고 했다. 동숙은 남편 핸드폰으로 전화했는데 이상하다고 생각하면서도 반가운 마음이 앞섰다. 전투식량 때문에 전화했다고 하니 어디서 소개를 받았냐고 물었다. 그냥 알게 되었다고 얼버무렸다.

그는 약간 웃는 듯한 음성으로 몇 박스가 필요하냐고 물었다. 동숙은 몇 박스보다는 당일배송이 가능한지 그것부터 물어보자 자기들 업체는 당일배송이 원칙이라고 말했다. 몇 시까지 이곳에 도착할 수 있겠냐고 묻자 저녁 5시에서 적어도 5시 30분까지는 도착할 수 있겠다고 했다. 금액은 원래 한 박스에 14만 원인데 첫 거래이니 12만 원에 해주겠다고 했다.

와우! 경칩에 개구리처럼 동숙은 얼음장 밑에 웅크리고 있던 장사의 본능이 슬슬 깨어나고 있었다. 백 소위가 분명 17만 원이라고 해서 계약을 파기했다고 했더랬다. 급한 물건이니까 17만 원이라고 해도 상관이 없었다. 그런데 김호중이 12만 원에 해주겠다고 하면 14만 원이라고 해도 한 박스당 2만 원이 남으니 70박스면 140만 원이 앉은자리에서 코도 풀지 않고 남게 생겼다. 난데없는 노다지가 굴러온 셈이었다.

동숙의 스피커폰으로 통화 내용을 같이 듣고 있던 하섭도 옆에 놓아둔 전자계산기를 들고 숫자를 꾹꾹 누르고 있었다. 동숙은 그럼 70박스가 가능하겠냐고 물었더니 김호중은 뭔가를 뒤적거리는 듯하더니 마침 70박스가 된다고 했다. 동숙은 전투식량은 처음이라 사진 좀 보내달라고 했다. 백 소위가 주문한 상품이 맞는지 그에게 확인해봐야 했다. 12시 5분에 카톡으로 전투식량 사진이 오자 그걸 백 소위에게 바로 전달했다.

백 소위에게서 곧바로 전화가 왔다. 전투식량이 맞다며 그걸 오늘 저녁 5시 30분까지 가게에 받아놓으면 팀조끼 찾으러 올 때

팀조끼는 카드 결제하고 이건 계좌이체 하겠다고 했다. 계좌이체는 자영업자들이 제일 좋아하는 결제 수단이었다. 세금이 나가지 않기 때문이다. 동숙은 지금껏 부대에서 계좌이체는 없었지만 워낙 급한 거라 계좌이체를 하는 모양이라고 멋대로 생각했다. 금액을 불러야겠는데 순간적으로 15만 원을 부를지 생각했지만 인심을 쓰는 척 14만 원이라고 하자 백 소위는 싸게 구매하게 생겼다면서 15만 원을 받으라고 했다.

그러자 역시 스피커폰으로 듣고 있던 하섭이 세금계산서를 끊는 것도 아니고 계좌이체하실 텐데 그냥 14만 원에 해주겠다고 여름비에 비단개구리처럼 툼벙 뛰어들었다. 그의 말에 백 소위는 너무 감사하다며 오늘 5시 30분까지 가게에 받아놓으면 팀조끼 찾으러 가서 같이 가지고 오겠다며 꼭 가게에 물건을 받아놓으라는 말을 재차 강조했다. 동숙은 70박스를 어디에 쌓아놓을까 생각했다. 밖에는 아직도 어린아이 주먹만 한 눈이 풀썩풀썩 내리고 있었다.

"내가 언제 김호중에게 전화했지?" 동숙이 하섭에게 물어보자 그는 대수롭지 않게 "에이 당신이 했겠지" 했다.

요즈음 자주 깜박했지만 동숙은 고개를 갸웃거리면서 김호중에게 카톡을 보냈다.

"70박스 주문합니다."(오후 12:11)

"배송 받으실 상세 주소와 주문자 성함 기재 부탁드립니다."(오후 12:12)

동숙이 가게 주소를 카톡으로 다시 보냈다.

"네 입금 계좌 발급해서 보내드리겠습니다."(오후 12:14)

12시 21분에 계좌번호 1000-××××-4514와 은행 토스뱅크와 예금주 김해원과 금액 8,400,000이 명시된 계좌이체 안내 사진이 날아왔다.

"입금전용계좌 안내해드립니다. 입금 후 연락 한번 부탁드리겠습니다."(오후 12:22)

그 무렵 하섭은 편리한 스마트뱅킹에 맛이 들어 거래처에 입금을 곧잘 했다. 성질까지 급한 그는 본인이 입금하겠다며 핸드폰을 열었다. 이것저것 꾹꾹 누르다가 토스뱅크가 뭐야? 하고 동숙에게 물었다. 그로서는 국민도 신한도 농협도 아닌 처음 들어보는 은행이었다. 동숙은 작년부터 핸드폰에 토스뱅크를 깔아놓고 편리하게 잘 쓰고 있던 중이었다. 그에게 요즘 젊은 사람들이 많이 쓰는 은행이라고 설명했다.

동숙은 본인이 쓰고 있으니까 토스뱅크를 잘 안다고 생각했다. 그러자 하섭은 고개를 끄덕이며 입금하려고 했다. 이번에도 또 막혔다. 한번에 입금할 수 있는 최고 금액이 200만 원이었다. 서두르지 말고 생각해보라는 계시였을 거다. 그런데 5시 30분까지 물건을 차질 없이 받기 위해 동숙이 컴퓨터 창을 열고 인터넷뱅킹으로 840만 원을 입금했다. 하섭은 이런 동숙을 등 너머로 바라보고 있었다.

"입금했어요."(오후 12:28)

김호중이 입금하고 나서 영수증을 사진 찍어 보내주면 업무처리가 빨리 된다는 말에 입금 영수증 화면을 사진 찍어 보냈다. 12시 31분이었다. 12시 43분에 코리아유통 사업자번호가 찍힌 입금영수증과 문자가 카톡으로 날아왔다.

"이용해주셔서 감사합니다. 다음에도 언제든 편하게 연락주세요."(오후 12:44)

계좌이체까지 시키고 나자 동숙부부는 큰 산을 하나 넘은 듯 마음이 홀가분했다. 공짜라도 부탁을 들어주어야 할 판인데 140만 원이라는 돈까지 생겨 어젯밤에 무슨 꿈을 꾸었나 싶었다.

동숙은 오늘 새벽기도를 다녀와서 여느 날과 마찬가지로 피아노 앞에 누웠다. 집에서 가장 따뜻한 곳이었다. 바닥이 절절 끓어 맨바닥에 홑이불 한 장 덮고 자면 찜질방에 온 듯 온몸이 개운했다. 1시간 정도 자는 잠인데 밤새도록 자는 것보다 더 깊게 잠들어 이 잠 때문에 새벽기도를 다니는 것만 같았다. 그런데 오늘은 꿈 때문에 괜히 잤다고 후회했다. 너무 찜찜하고 기분이 나빠 오늘이라는 시간이 없었으면 했다. 그런데 그 악몽이 곧 길몽인 듯싶었다.

올여름처럼 무지막지하게 더운 여름은 처음이었다. 뜨거운 태양과 맨몸으로 싸우면서 무와 감자를 잘 키웠건만 인건비와 생산비를 빼고 나자 하섭의 품삯이 떨어지지 않았다. 다가오는 일요일에 잡힌 친구들과 부부동반 필리핀 여행도 흥이 나지 않았는데 갑자기 여행 경비가 뚝 떨어진 기분이었다. 동숙은 하섭이 여름 내내 땡볕에서 살갗이 시꺼멓게 타들어갈 지경으로 고생하더니만 하늘에서 복이 내린 줄만 알았다.

"네, 잘 부탁드려요."(오후 1:05)

뒤늦게 김호중이 보낸 카톡에 답글을 보냈다.

"네 2시 전에 배송 출발합니다."(오후 1:08)

"그러면 여기에 몇 시에 도착하는지 연락해주세요."(오후 1:23)

"5시30분쯤 도착할 겁니다"(오후 1:23)

그 틈에 동숙부부는 늦은 점심을 먹고 있는데 백 소위에게 전화가 왔다. 군납 식량 70박스에 대한 견적서를 빨리 보내주셔야 윗전에 보고하고 저녁때 계좌이체를 할 수 있다고 했다. 동숙은 지금 점심을 먹고 있으니 밥 먹고 나서 보내드리겠다고 했다. 어느새 동숙의 마음이 조금 느긋해졌다. 1시 19분에 70박스에 대한 견적서를 만들어 백 소위 카톡으로 보냈다. 백 소위에게서 대뜸 카톡이 왔다. 백 소위는 꼭 똑같은 문장으로 답장을 보냈다.

"확인하고 보고드리고 지출결의서 작성해서 보내드리겠습니다."(오후 1:20)

**디데이에 작업 2**

입금 한 시간 후인 오후 1시 29분에 같은 번호로 백 소위에게서 전화가 왔다. 윗전에서 왜 하루치 식량만 구매했느냐며 5일치를 더 구매하라고 하는데 가능하겠냐고 물었다. 백 소위 목소리가 심하게 떨린다고 느꼈다. 동숙 생각에는 잘못 알아듣고 하루치만 사서 윗사람에게 혼이 난 것으로 생각했다. 또 생각보다 싼 가격이니 더 사고 싶은 모양이라고 여겼다.

  5일 치가 몇 박스냐고 물었더니 350박스를 더 추가해주었으면 좋겠다고 말했다. 동숙은 순간 머리가 피르륵 굴러갔다. 하섭이 초를 치는 바람에 70만 원이 날아가 내내 아까워하고 있던 터였다. 날아간 70만 원을 벌충할 뿐 아니라 630만 원이 더 생기게 생겼다. 얼른 통장 잔액이 4,200만 원이 되는지 생각해봤다. 빡빡 긁으면 될 터이고 반나절 만에 840만 원의 이익이 생기게 되어 정신이 어질어질할 지경이었다.

  김호중에게 연락해보고 전화하겠다고 하자 백 소위는 꼭 부탁드린다고 했다. 동숙은 오후 1:31분에 김호중에게 전화했다. 350박스 추가할 수 있는지 물어보자 김호중은 한참을 뒤적거리는가 싶더니 마침 재고가 있다며 지금 70박스에 대한 상차가 끝나가고 있으니 얼른 계좌이체를 시켜주면 함께 싣고 가겠다고 했다. 동숙은 곧바로 백 소위에게 카톡을 보냈다.

  "백 소위님 350박스 추가 가능해요."(오후 1:32)

  백 소위가 대뜸 동숙에게 전화했다. 다행이라며 저녁 5시 30분까지 물건을 받아두면 팀조끼 찾으러 가서 함께 싣고 오겠다고 했다. 백 소위는 가게에 물건을 받아두라는 말을 또 두 번이나 강조했다. 동숙은 당연한 것을 가지고 왜 자꾸 강조하지 하고 생각했다. 동숙은 마음이 급했다. 지금 70박스에 대한 상차가 끝나가고 있다는데 얼른 계좌이체를 해주어야 350박스를 더 실을 수 있을 테니까. 그래야 5시 30분에 도착할 수 있을 테니까. 그러면서도 윗사람에게 보고하자면 견적서가 필요할 것 같아 먼저 350박스에 대한 견적서를 만들어 보내겠다고 말했다.

1시 34분에 김호중에게 350박스 추가 주문 전화를 했다. 김호중은 상차가 끝나가고 있으니 얼른 계좌이체 시켜주시고 사진을 찍어 보내주시면 확인이 빨리 된다고 했다. PG사이기 때문이라고 했다. 그 말은 귓등으로 들었다. 곧바로 김호중으로부터 계좌이체 안내 사진과 문자가 왔다.

"상차 같이 시작하라고 했습니다."(오후 1:39)

상차를 시작했다고 하자 마음이 더 급했다. 가게 컴퓨터는 한 번에 1,000만 원 넘게 보내지 않게 해두었다. 4,200만 원을 보내려면 적어도 다섯 번이나 계좌이체를 해야 했다. 다섯 번으로 쪼개서 보내도 되는지 궁금해 다시 김호중에게 전화했다. 김호중은 상관없다며 사진이나 잘 찍어서 보내달라고 했다.

다섯 번이나 사진을 찍어서 보내자니 귀찮은 마음이 들었고 무엇보다도 한시가 급했다. 옆에 있는 농협으로 달려가 한꺼번에 보내려고 통장과 도장을 챙겼다. 농협에 들어가 이체 전표를 쓰면서 그래도 하섭에게 물어보기는 해야 할 것 같았다. 그새 파크골프장에 갔는지 전화기 너머가 소란스러웠다.

"여보 백 소위가 350개를 더 주문해달라는데?"

"뭐 350개?"

"응 350개."

"주문해줘."

"알았어, 주문한다."

홀가분한 마음으로 창구에 이체 전표를 내밀자 창구 직원이 따로 서류를 한 장 내밀었다. 보이스피싱인지 아닌지 이런 문구를 묻는 문항이 나열되어 있었다. 자세히 읽지도 않고 모두 '아니오'에 체크를 하자 이체를 해주었다. 그 영수증을 김호중 카톡에 보내고 문자도 함께 보냈다.

"입금 완료하였습니다."(오후 1:53)

"네 상차 같이 진행 중이고 출발할 때 연락드리겠습니다."(오후 1:56)

"네, 잘 부탁드려요."(오후 1:56)

오후 2시 백 소위에게 350박스에 대한 견적서를 보냈다.

"확인하고 보고드리고 지출결의서 작성해서 보내드리겠습니다."(오후 2:00)

그 사이에 김호중에게서 카톡이 왔다.

"네 이제 10분 뒤에 출발한다고 합니다"(오후 2:01)

오후 1:56분에 잘 부탁한다는 답글이었다. 2:08분에 코리아유통이 큼직하게 찍힌 입금영수증과 문자가 함께 왔다.

하섭에게서 전화가 오기 전까지 동숙은 기분이 날아갈 것처럼 깔끔했다. 대체로 100만 이하의 소액의 상품이라도 주문하고 나면 그 상품이 가게에 도착할 때까지 마음을 놓지 못하는데 이거는 금액이 5,000만 원이 넘는데도 걱정은커녕 840만 원이나 불로소득이 생겨 기분이 좋아 콧노래가 절로 나왔다. 여행 경비뿐 아니라 비수기의 겨울 동안 걱정 없이 보내게 생겼으니 당연했다. 장사를 하다보면 가끔 뜻하지 않은 소득이 생기기도 하고 손해도 보기도 했으니 이건 금액이 많다 뿐이지 걱정할 이유도 없었다. 오히려 백 소위를 도와줘 앞으로 부대와의 거래가 더 많아질 것 같은 기대감도 들었다.

하섭이 전화했다. 오후 4시 40분이었다.

"통장에서 4,000만 원 빠져나갔던데 이게 뭐야?"

"그거 백 소위가 더 주문했잖아."

"350개가 아니고?"

"350개 아니 350박스잖아."

"당신이 350개라고 했잖아."

"그게 그거지."

동숙은 하섭이 새삼스럽게 단위를 따지는 게 우스웠다. 그날은 70박스부터 박스가 단위였다. 설령 동숙이 350개라고 했더라도 350박스라고 찰떡처럼 알아들었어야지 이런 생각을 했다.

"이 사람이 지금 뭔 말을 하는 거야. 350개면 35박스인 거지. 이거 사기네."

"뭐? 사기라고? 사기네."

동숙은 남편이 '사기'라는 단어를 쓰자마자 대뜸 사기라는 생각이 들었다. 이렇게 쉬웠던 적이 없었다. 50만 원짜리 거래 하나도 일주일을 사람 애간장을 태우고 온갖 서류를 다 만들어 보내야 하는데, 그것보다 백 배가 넘는 금액이 오후 한나절에 해결된다는 거는 성경에나 있는 일이었다. 하섭이 농협에서 이사회의 하다 말고 허겁지겁 가게로 들어왔다. 그때까지도 그의 표정은 긴가민가했다.

빨리 동숙 보고 김호중에게 물건이 어디쯤 오고 있는지 전화를 해보라고 했다. 4:44분에 전화했다. 그는 원주쯤 가고 있다고 했다. 원주에서 물건 한 군데 내려놓고 곧바로 출발할 거라고 했다. 하섭은 기사 전화번호를 가르쳐달라고 하라 했다. 동숙은 그에게 기사 번호를 가르쳐달라고 했다. 김호중이 카톡으로 번호 하나를 보냈다.

"기사님 01057★★2992"(오후 4:47)

하섭은 곧바로 동숙에게 전화를 해보라고 했다. 기사라는 사람이 전화를 받았다. 어디쯤 오느냐고 물었더니 원주쯤이고 중간에 물건 한 군데 내려놓고 부지런히 갈 거라고 했다. 기사 목소리를 듣는 순간 동숙부부는 사기라고 확신했다.

부부는 화물차 기사의 목소리를 잘 알고 있었다. 실내 운동기구나 실외 운동기구를 주문할 때는 거래처에서 화물 용달로 보내기 때문에 그럴 때마다 언제쯤 도착하는지 어디로 오라는 등의 주문 때문에 기사와 자주 전화 통화했다. 화물차 기사들은 대부분 목소리가 컸다. 아마도 엔진 소음 때문에 목소리가 큰 모양이라고 생각했다.

전화를 받는 기사는 목소리가 매끄러웠다. 김호중이 다른 목소리로 꾸몄다거나 옆에 젊은 사람이 대신 전화 통화를 하는 것 같았다. 하섭은 동숙에게 알았다고 얼른 오라는 말만 하고 전화를 끊으라고 했다. 동숙은 그가 하라는 대로 그대로 했다. 하섭은 농협으로 달려갔다. 동숙은 제정신이 아니었다. 그런데 그때 김호중에게 카톡이 왔다

"사장님 환불 신청하신 건가요? 환불받으실 계좌번호와 사유 적어서 보내주세요"(오후 5:03)

어떻게 하섭이 농협에 간 걸 알고 있었을까. 동숙은 이제 무서워서 카톡에 댓글을 달 수가 없었다. 4분 후에 이번에는 전화가 왔다. 전화도 받을 수가 없었다. 대신 하섭에게 전화를 해봤지만 계속 통화 중이었다. 또 2분 후에 카톡이 왔다.

"사장님? 직원분한테 환불해드리면 되는 건가요?"(오후 5:09)

이번에도 댓글을 달지 못했다. 2분 후 5:11분에 다시 전화가 왔지만 받지 않았다. 무슨 짓을 할지 알 수가 없어 하섭과 통화를 해본 후에 받든지 댓글을 달든지 해야 할 것 같은데 그의 전화는 계속 통화 중이었다. 5:13분에 다시 전화가 왔지만 받지 않았다. 이번에는 카톡이 왔다.

"퇴근 시간이 다 돼서 연락 부탁드리겠습니다 본인 확인 후에 환불 가능해서요."(오후 5:14)

마침내 하섭과 통화가 되었다. 그는 무슨 말을 하는지 전화를 받아보라고 했다. 또 무슨 짓을 당할지 어떻게 아느냐고 했더니

괜찮다고 했다. 옆에 농협 직원의 목소리가 들려왔다. 2분 후에 다시 전화가 걸려오자 이번에는 전화를 받았다. 김호중은 취소하느냐고 물었다. 그렇다고 했더니 이유가 뭐냐고 물었다. 고객 변심이라고 하자 아주 깔끔하게 환불받을 계좌번호와 사유서를 보내달라고 했다. 동숙은 하섭에게 계좌번호를 보내라고 하는데 계좌번호를 오픈해도 되는지 물어봤다. 그도 옆에 있는 농협 직원에게 물어보는 것 같더니만 동숙 계좌번호를 보내라고 했다.

"농협 353630, 59, 098770 김동숙 사유서 고객의 변심으로 취소함."(오후 5:19)

"네 잠시만요"(오후 5:20)

김호중으로부터 '교환 & 반품 신청서' 사진과 함께 카톡이 날아왔다.

"내일 오전 중으로 재무부에서 연락 갈 텐데 전화 잘 받아주시고"(오후 5:26)

"본인 확인 후에 환불 처리 진행되실 겁니다"(오후 5:27)

마지막 카톡이었다. 이후에 아무 연락도 되지 않았.

백 소위는 그날 오후 2:16분 지출결의서 사진 문자 이후로 어느 순간 프로필 사진도 사라졌다.

백 소위와 카톡으로 팀조끼 사진을 보낸 후에 프로필을 검색해봤다. 여친과 찍은 사진이 있었는데 여친의 턱이 지나치게 뾰족해 AI처럼 보였지만 요즘은 이런 게 유행이로군 하면서 아무렇지 않게 받아들였더랬다. 그 프로필 사진이 사라졌다. 문자를 보내봐도 읽지 않았다.

 동숙은 김호중이 보낸 '교환 & 반품 신청서' 화면을 손가락으로 터치해봤다. 한 시간 반 동안 두 차례에 걸쳐 50,400,000원을 자기 손가락으로 계좌이체를 했다. 팀조끼 금액은 포함하지도 않았다.

## 되감기

 농협 창구 앞에서 아니오를 아홉 개까지 체크하고 마지막 문항 앞에서 동숙은 번개처럼 새벽에 꾼 꿈이 떠올랐다. 그런 꿈을 꾸는 날에는 대체로 조심하는 게 좋았다. 찬물 한 그릇도 공짜는 없었다. 아무리 급하다고 해도 오천만 원을 현금으로 거래하는 기관도 없었다. 또 한 박스에 열 개씩 들어간다는 전투식량의 박스 크기가 얼마큼인지 생각해보지 않았다. 420박스를 싣고 오자면 얼마나 큰 화물차가 와야 한다는 것도 생각해보지 않았다. 인천에서 2시에 출발한 화물차가 5시 30분까지 도착하려면 날아와야 할 텐데 그것도 생각하지 못했다.

 백 소위가 전화기 두 개를 쓰고 있는 것도 몰랐다. 아니 또 다른 백 소위는 처음 백 소위가 아닌 작업에 능수능란한 다른 사람이었다. 김호중과 백 소위가 2분 간격으로 번차례로 카톡 보내고 전화를 하며 후달구는 바람에 생각할 틈이 없었다. 한마디로 정신이 홀라당 나가 있었다. 밖에 눈이 끊임없이 펄펄 내리자 눈 멀미가 난 것만 같았다.

동숙은 숨이 헉 막혔다. 머리는 아직 인지가 되지 않았는데 몸이 먼저 반응했다. 손발이 떨리고 다리에 힘이 풀려 바닥에 주저앉았다. 창구 직원이 놀라서 자리에서 일어났다. 동숙은 빠르게 머리를 굴렸다. 비록 지금은 농사를 짓고 장사를 하고 있지만 하섭은 체육 교사로 동숙은 국어 교사를 몇 년 했더랬다. 동숙이 마흔 가까운 나이에 처음 임신하자 고령 탓인지 임신중독에 걸려 더는 교사 생활을 할 수 없을 무렵 하섭은 자영업이 대세라며 학교에서 나왔다.

그래도 좁은 시골에서 나름 지성인으로 대접받고 있는 데다 함께 늙어가는 제자에다 학부모들도 많았다. 그들에게 창피를 당할 수는 없었다. 잠깐 현기증이 났다고 얼버무리면서 나중에 다시 오겠다며 농협을 벗어났다. 김호중이 언뜻 말했던 PG사도 그때야 제대로 머릿속으로 들어왔다. 토스뱅킹이나 카카오페이가 PG사란 얘기는 들었다. 이런 은행은 입금한 후에 30분이면 인출이 된다는 말도 들었다. 범죄에 이용되기 쉬운 은행이란 얘기다.

송금한 840만 원은 이미 인출하고도 남는 시간이니 농협에 있을 이유가 없었다. 농협에서 가게까지 3분 거리였지만 그동안에 동숙은 빠르게 머리를 굴렸다. 가게에 들어오자마자 정수기에서 찬물 한 컵을 받아 천천히 마시고 있는데 김호중에게 전화가 왔다. 짐작대로 빨리 입금해야 상차를 할 수 있다고 한다. 처음에는 도착하면 돈을 주겠다고 말하려고 했었는데 밑져야 본전이라는 생각에 크게 나갔다. 여전히 심장이 벌렁거려 심장을 움켜잡

듯 한 손으로는 옷자락을 움켜잡고 한 손으로는 핸드폰을 꽉 쥐었다.

"부장님 문제가 생겼어요."

"무슨 문제요?"

"조금 전에 사업자 통장에서 840만 원이 나가버렸어요."

"그게 무슨 문제라는 거죠?"

"부장님도 사업을 해서 잘 아실 거 아닙니까? 계좌이체 통장과 사업자 통장이 따로 있는데 이건 자료가 필요 없는 거라 계좌이체 통장에서 돈이 나가야 하는데 사업자 통장에서 돈이 빠져버렸다는 거죠. 제 말 이해하시죠?"

"그 그러니까 어쩌라는 거죠?"

아무리 치밀한 대본이 준비되어 있다고 해도 이런 상황의 대본은 없을 것 같다는 확신이 들었다. 김호중이 말을 더듬고 있었으니까.

"조금 전에 보내주신 840만 원을 다시 보내주시면 제가 840만 원에다가 4,200만 원을 합한 5,040만 원을 계좌이체 통장으로 곧바로 보내주겠다는 거죠. 자영업자가 제일 무서워하는 게 세금이라는 걸 부장님이 더 잘 알면서 그러세요."

"그 그건 좀."

"곤란하시면 840만 원에 대한 10퍼센트인 763,640원에다 종합소득세까지 합하면 80만 원은 되겠네요. 80만 원을 제가 지금 보내는 계좌로 보내주시면 곧바로 계좌이체 통장에서 보낼게요. 5

시 30분까지 전투식량이 여기에 도착해야 하니까 얼른 해주세요. 아니면 물건 주문한 곳에 못하겠다고 전화하는 방법밖에 없어요. 작년에도 엄청 세금을 두들겨 맞아서 세금에 민감합니다. 안 팔고 말지."

그리고 동숙은 자기의 계좌번호를 카톡으로 보냈다. 동숙은 840만 원에다 팁조끼 백만 원은 이미 잃어버렸다고 생각하니 마음이 편했다. 이제 그쪽에서 오히려 마음이 시끄럽게 생겼다. 840만 원만 먹고 떨어질지 아니면 4,200만 원을 더 욕심내볼지 고민하고 있을 테였다. 역시나 전화가 왔다. 욕심보다 멍청한 것은 없었다.

"사장님 지금 80만 원을 보낼 테니 얼른 4,200만 원 계좌이체 시켜주세요. 그래야 5시 30분까지 도착합니다."

"받자마자 보낼 테니 얼른 보내세요. 그런데 840만 원을 보내면 업무 처리하는 데 시간도 걸리지 않는데 왜 이렇게 복잡하게 하시나요. 5시 30분까지 여기에 도착하려면 얼른 출발해야 할 텐데요. 계좌이체 통장은 그만한 돈을 넣어두지 않아서 큰일이네요. 840만 원을 받으면 일단 그거 보태면 딱 5,040만 원이 되는데. 그건 그렇고 얼른 입금해주세요. 옆집에서 꿔서라도 넣어드릴 테니까."

"돈이 없다고요?"

"요즘 누가 계좌이체 하나요. 마이너스 통장을 만들어도 사업자 통장에 만들죠."

"그럼 840만 원 다시 보낼 테니 곧바로 다시 5,040만 원 보내세요."

"네. 얼른 보낼 테니 물건 제시간에 착오 없게 도착하게 해주세요."

"네, 보냅니다."

곧바로 동숙 앞으로 840만 원이 들어왔다. 그리고 전화벨이 울렸다. 김호중 번호였다. 동숙은 이제 그 전화를 받을 필요가 없었다. 팀조끼 대금 100만 원만 손해보게 되어 가슴을 쓸어내렸다.

### 불면

그날 밤 동숙부부는 각각의 방에서 한잠도 잠을 자지 못했다. 5천만 원은 마이너스 통장에서 꺼낸 돈이었다. 5천만 원을 벌자면 부부 깜냥으로는 10년은 고생해야 할 금액이었다. 당장 아들놈이 군에서 제대하면 복학도 해야 했고 학교 옆에 원룸도 마련해주어야 했다. 이자도 또박또박 내야 했다. 동숙은 자기의 저주받은 손가락을 부러뜨리고 싶었다. 하섭이 원망스러웠다. 군대에만 갔더라도 전투식량쯤은 알 터인데 마이너스 시력 판정을 받아 사회복무요원으로 마쳤으니 전투식량에 대해 알 리가 없을 테다.

하섭은 동숙이 원망스러웠다. 시나 쓰고 문학동인지나 만들 줄 알았지 도무지 장사에는 신경을 쓰지 않는 것 같았다. 그날도 메일로 날아온 회원 원고를 틈틈이 봐주느라 더 정신이 없었다.

돈도 되지 않는 것에 정신을 빼고 있는 게 자신과 닮아 이해가 되지만 때론 원망스럽기도 했다.

그날 순경 두 명과 함께 하섭이 가게로 들어왔을 때 젊은 남자 손님이 한 명 앉아 있었다. 워머를 사러온 손님이었는데 동숙이 순경들에게 말하는 얘기를 옆에서 듣고 있더니 경찰이 나가자마자 입을 뗐다. 지금부터 부부에게 명심해야 할 게 있다고 했다. 첫 번째 내 탓이니 네 탓이니 하며 싸우지 말라고 했다. 누구 탓도 아니고 운이 나빴을 뿐이라고 했다. 두 번째 사기꾼을 잡을 수 있다는 기대를 하지 말라고 했다. 손해난 것을 앞으로 어떻게 벌어야 하나 그것만 생각하라고 했다.

동숙부부가 뚱하게 그를 쳐다보자 그 남자는 패딩점퍼 주머니에서 핸드폰을 꺼내 쓱쓱 밀더니 동영상을 하나 보여주었다. 사실 자기는 유튜버라고 했다. 사기당한 사람들을 인터뷰하고 범인도 쫓는 일을 영상으로 담고 있다고 했다. 보고 있는 동영상은 수십억을 사기당한 유명 선수였다. 동숙은 잘 모르는 선수였지만 하섭은 아는 듯했다. 이 말을 해주고 싶었다며 그는 일어서 나갔다. 하섭은 그 남자의 말에 큰 위로를 받았다. 동숙은 귀신 씻나락 까먹는 소리로 들려 타임머신을 꿈꾸었다.

시나리오는 그럴듯한데 제일 중요한 그날 오후 1시 50분으로 돌아갈 타임머신이 없었다. 목소리만 있고 실체는 없는 그들에게 이 시나리오가 통하지도 않겠지만 몇 번의 기회를 한번도 사용하지 못해 억울했다. '이 벼락 맞아 죽을 사기꾼놈아!' 이렇게 욕이라도 한번 해봤으면 불면의 밤을 보내지는 않을 것 같았다. 대신 담당 경찰관이 배정되었다는 문자 한 통이 날아왔다.

구멍 하나

# 구멍 하나

　아침부터 실내 온도계는 30도를 넘기고 있었다. 웬만하면 에어컨을 켜지 않으려고 애를 쓰고 있지만 온도계가 29도를 넘기면 몸이 먼저 알고 신호를 보냈다. 숨이 막히고 머리가 지끈거렸다. 남편은 감자밭에 살충제를 치러 간다고 했다. 옷이 땀으로 폭 젖어서 점심 먹으러 들어오겠지. 그 시간에 맞추어 조금 일찍 에어컨을 켜놓을 작정이다. 땀에 푹 젖은 옷을 준비해둔 새 옷으로 갈아입고 선풍기와 에어컨 바람으로 땀을 식힐 테니까.
　점심으로 비빔국수를 만들려고 가스불에 물을 올려놓았다. 오이를 채 썰어놓고 애호박도 채 썰어 옆 버너에 돌돌 볶는데 물이 그새 끓고 있었다. 엄지와 검지를 둥글게 말아 소면 이 인분을 대충 재 끓는 물에 넣고 나무젓가락으로 훌훌 풀었다. 그때 탁자 위에 놓아둔 핸드폰이 울었다. 남편에게 전화를 받아달라고 소리쳤다. 남편은 저장하지 않은 번호라고 중얼거리면서 전화를 받았다. 그새 끓어오르고 있는 국수에 찬물을 한 컵 부어 진정시켰고 볶고 있던 애호박에 마지막으로 들기름 한 숟가락 넣으면서 귀는 남편 쪽으로 향했다.
　남편이 처음에는 어정쩡하게 받다가 급기야 아주 반가워하며 자꾸만 가게에 들렀다가 가라는 말을 되풀이하고 있었다. 분명

내 전화기로 전화가 왔으니까 나도 아는 사람일 텐데 전혀 감을 잡을 수가 없었다. 비빔장 양념을 만들면서 생각했고 그새 다 삶 아진 국수를 찬물에 씻으면서도 도무지 감을 잡을 수가 없었다. 준비한 채소와 비빔장으로 국수를 비벼 하얀 우동 그릇에 담고 삶은 달걀을 껍질 벗겨 세로로 반 잘라 화룡점정처럼 올려 상을 차려 나가자 그제야 통화가 끝났다.

"누군데?"
"이 형님이 당신 번호를 어떻게 알았을까?"

남편은 오히려 나에게 물었다. 재차 누구냐고 물으니 정우식 형님이라고 했다. 남편이 정우식이라고 하자 그의 얼굴보다 다른 사람의 얼굴이 먼저 떠올랐다.

그러고 보니 몇 년 전에 한번 전화가 왔었다. 우연히 인터넷을 검색하다가 내 이름이 보여 전화한다고 했다. 잡다한 일상을 올린 블로그를 한참 하던 시절이었다. 그래도 그렇지 전화번호를 어떻게 알았냐고 물었더니 자꾸 찾아들어갔더니만 전화번호가 있더라고 했다. 그러면서 잘살고 있는 것 같아 기분이 좋다고 했다. 그때 어째서인지 내가 잘살고 있는 것 같아 마음이 놓인다고 들렸다. 내가 그를 떠올리면 그보다 먼저 서미자 언니가 생각나듯이 그는 내가 늘 물가에 세워둔 아이 같아 마음이 놓이질 않았나보았다.

남편은 국수를 젓가락에 둘둘 말아먹으면서 또 이 형님이 어떻게 내 번호를 알게 되었는지 모르겠다며 혼잣말하듯이 말했다. 나는 내 몫의 국수 그릇을 끌어당기며 지금 어디에서 전화했대? 하고 물었다. 가족과 골프 여행 중인데 마침 이쪽으로 지나가면서 생각이 나 전화를 했다며 강냉이 한 자루 따주면 좋을 텐데 하면서 나무젓가락에 국수가락을 둘둘 말았다. 가족이 골프여행을 갈 정도면 잘살겠구나 하고 중얼거리자 남편은 그 형님이 뭐하지? 하고 또 물었다. 나는 아마 사업하겠지, 하면서 그 아저씨가 학교 다닐 때부터 우리랑 달랐다고 말했다. 남편도 고개를 끄덕였다.

하여간에 볼 수 있을 때 한번 보고 싶다는 생각을 내내하고 있으면서도 한편으로는 이렇게 살고 있는 모습을 보여주는 게 부끄러웠다. 또 다른 한편으로는 너무 폭삭 늙어 얼굴을 알아보지 못하면 어떡하냐고 하는 걱정도 되었다. 차라리 안 만나는 게 나을지도 모르겠다며 국숫발을 집어올리는데 또다시 전화가 울렸다. 대뜸 앵두실에서 막국수를 먹고 있다며 와봤냐고 물었다. 갑자기 물으니 생각이 나지 않아 못 가봤다고 대답했다. 사거리이며 맞은편에 소방서가 있다는 말에 옆에서 듣고 있던 남편이 거기서 여기까지는 십 분 거리라고 했다. 그러고 보니 지나다니면서 식당 간판을 본 기억이 나는 듯도 했다.

정우식은 점심 먹고 들르겠다며 전화기에 주소를 찍어달라고 했다. 그새 국수를 다 먹은 남편은 강냉이 한 자루 따오겠다고 벌떡 일어섰다. 나는 가게를 둘러보았다. 가게가 번듯하지 않아 좀 창피하기는 했지만 지금 와서 그걸 따질 형편은 아니었다. 밀대로 가게 바닥을 다시 한번 닦고 탁자 위에 여기저기 흩어져 있는 책도 정리했다. 네 분이 오면 대접할 음료가 마땅치 않아 편의점에 가서 캐러멜마끼야또 커피 세 봉과 아메리카노 두 봉과 얼음이 들어 있는 컵 다섯 개와 빨대를 사왔다. 정우식과 같이 가게로 들어올 여자가 서미자는 분명 아니겠지만 꼭 서미자이길 바라며 청소할 곳을 찾아 두리번거렸다.

대학 3학년 때 정우식을 처음 만났다. 대학 정문에서 버스 정류장을 하나 지나 사잇길로 접어들어 모퉁이를 돌면 커다란 감나무 두 그루가 서 있는 집에서였다. 이 집은 기와지붕에 세 칸짜리 본채와 마당 구석에 수도와 재래식 화장실 두 칸이 있었고 본채를 빙 둘러 방을 꾸며 자취생에게 세를 놓거나 하숙을 쳤다. 남학생 몇 명은 하숙했지만 대부분은 자취를 했다. 자취하기 좋게 각각의 방에는 부엌이 딸렸고 방문이 따로 있었지만 모두 부엌의 미닫이문을 열고 방으로 들어갔다.

영문과생인 서미자는 나와 같은 3학년이었지만 나이는 나보다 다섯 살이 많았다. 20대 초반에 다섯 살 차이는 절대로 좁혀지지 않는 엄청난 간격이었다. 더군다나 옷 입은 스타일이 또래 여학생과 달라 더 나이가 들어보였다. 거기다가 한 칸 방에 짧은 스포츠머리를 한 열여덟이나 열아홉 정도로 보이는 남동생과 같이 살았다. 그는 딱히 대학 입학시험 준비를 하는 것 같지는 않고 무슨 자격증 따는 공부를 하는 것만 같았다. 이 아이에게 관심이 전혀 없었기에 그가 무슨 공부를 하는지 모른다는 게 더 정확한 표현이었다.

머리가 좋아보이지 않았는데 의지만은 불탔다. 용기도 있었다. 그는 나에게 대놓고 들이댔다. 나를 좋아한다는 거였다. 기가 막혔다. 참다못해 서미자에게 '쟤 좀 말려달라'고 부탁하기도 했다. 그런데 서미자의 태도가 영 마음에 들지 않았다. 내가 이렇게 나오면 동생을 혼을 내서라도 못하게 할 거로 생각해 벼르고 벼르다 말했는데 그냥 빙글빙글 웃기만 했다. 난감한 표정도 짓지 않았다. 그런 태도에 미칠 것만 같은 사람은 나였다. 물론 그 아이가 나를 좋아한다고 해서 학교로 쫓아온다거나 따로 어디서 만나자고 하지도 않았지만 영 신경이 쓰였다.

그 당시에 좋아하는 사람이 있어서 더 그랬던 모양이다. 같은 집의 자취생이었다. 역시 같은 학년의 법학과를 다녔는데 어렸을 때 소아마비를 앓아 오른쪽 다리를 많이 절었다. 그 애는 내가 그 법학과 남학생인 공과 사귀는 걸 대놓고 싫어했다. 내가 공과 사귀지 않으면 자기의 사랑도 포기할 수 있다고 선포하기도 했다. 그런데 원래가 그렇다. 누가 말리면 더 절절한 법이라고. 난 공이 내 사랑을 의심할까 싶어 더 전전긍긍하며 그를 아낌없이 사랑하기에 바빴다.

그 무렵 정우식이 이 집에 하숙생으로 들어왔다. 학기 초도 아닌 빨간 함석 대문 양옆에 수문장처럼 서 있던 감나무가 꽃을 피우던 무렵이었다. 때마침 하숙생 한 명이 떠난 빈자리에 들어온 셈이었다. 새로운 학생이 들어오면 그날은 새 학생을 환영하기 위한 입방식이 열리는 날이었다. 그날은 무슨 일이 있어도 일찍 집에 들어와서 자리에 참석하는 게 자취생이 지켜야 할 수칙 중의 하나였다. 강제적이지는 않지만 강제적이었고 사실 그 자리가 즐겁지 않았다면 아무리 강제적이었다고 해도 거부했을 텐데 그 자리가 즐거웠다. 공도 입방식에서 처음 만나 한눈에 뿅 가버렸으니 말랑말랑한 자리였다.

정우식의 첫인상은 깔끔했고 고급스러웠다. 하얀 피케셔츠에 겨자색 면바지 차림은 골프채를 들고 라운딩을 나가도 될 것 같은 분위기를 뿜어냈다. 중간 정도의 키에 약간 마른 체형에 얼굴색이 까무잡잡하고 경상도 억양이 강했다. 무엇보다 나이가 들어보였는데 군대를 다녀와서라고 했다. 난 옆에 앉아 있는 서미자 언니를 흘끔 쳐다보았다. 비슷한 연배가 들어와서 언니가 반가울 듯싶어서였다.

그런데 반가움에서 그치지 않았다. 정우식이 그만 서미자에게 한눈에 반해버렸다. 그다음 날부터 '미스 서'라고 부르면서 그녀를 쫓아다니기 시작했다. 난 정우식이 '미스 서'라고 부르는 게 조금 올드해보였다. 그 시절 우리 여학생은 군대 다녀온 예비역 남학생에게 '아저씨'라는 호칭을 썼으면서도 그 호칭은 어색했다. 그런데 서미자는 정우식의 절절한 구애를 받아들이지 않았다.

나는 이해가 되지 않았다. 객관적으로 생각해도 정우식은 서미자에게 넘치는 사람이었다. 그렇다고 서미자가 뛰어난 미모의 소유자도 아니었다. 어깨까지 내려오는 단발머리는 파마했는데도 머리숱이 적어 보였고 늘 부스스했다. 통통한 몸매에 얼굴이 달덩이처럼 둥글고 콧대도 납작했다. 그녀의 외모에서 예쁜 곳을 굳이 찾으라고 한다면 쌍꺼풀이 진 동그란 눈과 뽀얀 피부 정도일 테다. 매사 톡톡 떨어대는 나와는 달리 친화력이 있어서 자취생 누구와도 격의 없이 지냈고 특히 주인아주머니와도 언니 동생 할 정도로 친했다. 주인아주머니에게 쌀 한 됫박을 얻어먹을 정도였다. 다른 자취생들에게는 농사지은 자기네 쌀을 사먹으라고 했다. 한마디로 모든 면에서 노련했지만 무척 가난했다. 그 시절 자취생치고 가난하지 않았던 학생은 없었지만 그녀는 이 열 명의 학생을 모두 모아놓은 것보다 더 가난해보였다.

  자취생들은 조리도구로 전기 쿠커나 휴대용 가스버너를 많이 이용했다. 그녀는 이런 조리도구는 하나도 갖추지 않고 방 온돌을 덥히는 연탄불에 감자볶음이나 호박볶음 같은 것 딱 한 가지를 만들어서 동생과 이마를 맞대고 먹었다. 감자나 호박도 주인아주머니를 구워삶아서 나온 듯 보였다. 직장 생활을 했다지만 번듯한 옷도 없는지 늘 목이 늘어나고 물이 빠져 색이 바랜 티셔츠 위에 카디건을 걸치고 펑퍼짐한 스커트에 스니커즈를 꺾어 신고 강의실로 도서관으로 다녔다. 나는 셔츠 한 장도 대충 입는 모습을 보지 못한 정우식이 이런 언니에게 꽂힌 이유를 알 수가 없었다.

  정우식은 시험 때도 공부하는 모습을 본 적이 없었지만 서미자는 공부를 열심히 했다. 여름방학 때도 날마다 남동생과 학교 도서관에 다녀 나도 덩달아 그녀를 따라다녔다. 물론 정우식도 함께였다. 그녀는 연필을 딱 한 자루만 깎아서 카디건 주머니에 넣고 책은 도서관 지정석 자리에 두고 다녔다.

우리는 언제나 논둑길을 걸어 도서관에 다녔다. 버스 길과 나란히 흐르고 있는 논들 사이로 난 논두렁길은 찻길보다 동선이 길었지만 조용했고 먼지가 나지 않았다. 논두렁 양옆으로 빽빽하게 자라고 있는 녹색의 벼가 펼친 전경이 싱그러웠다. 소나무가 울울창창한 대학 캠퍼스를 휘몰아쳐 주변의 야트막한 산의 소나무까지 흔들고 온 솔바람이 잔뜩 몸을 부풀리면, 논바닥의 벼까지 덩달아 술렁술렁 춤추고 우리의 목덜미도 청량했다. 대부분의 학생은 학교 구내식당에서 밥을 먹었는데 우리는 논두렁길을 다시 걸어와 집에서 각자 먹고 다시 학교로 갔다.

정우식이 우릴 따라다닌 이유는 점심을 사주고 싶었던 모양이었다. 아름드리 소나무로 둘러싸인 구내식당에는 여름 특선으로 얼음을 동동 띄운 열무국수가 인기가 좋았다. 그걸 사주겠다면서 식당에 가자고 했지만 서미자가 냉정하게 거절했다. 한 사람이 일방적으로 돈을 쓰게 할 수는 없다고 했다. 정우식은 그만한 돈은 있으니 신경쓰지 말라고 해도 그녀는 완강했다. 나는 그녀의 말이 맞기도 하고 틀리기도 했고 그가 몇 번 사면 나도 한 번쯤은 살 수가 있는데 무조건 막아버려 아쉬웠다.

열무 소면이 맛있다고 소문이 난 데다가 햇살이 자글자글 끓는 논두렁길을 걸어내려가는 게 영 내키지 않아서이기도 했다. 그러면서도 그 무리에서 이탈하고 싶은 생각도 없어 묵묵히 따라다녔다. 제일 처음 떨어져 나간 사람은 정우식이었다. 공부에 관심도 없는 사람이 도서관에서 하는 일은 책을 펼쳐놓고 엎드려 자는 일이었다. 도서관에서 자다가 서미자가 점심 먹으러 집으로 가자고 하면 벌떡 일어나서 줄레줄레 따라 내려와 자기 방으로 들어가서 점심을 해결하고 다시 줄레줄레 논두렁길을 따라 올라가는 일이 힘들었던 모양이다.

그 무렵 정우식은 하숙을 끝내고 자취를 하기 시작했다. 정확한 이유는 몰라도 아마 서미자를 의식한 듯했다. 그는 그 집의 다른 남학생들처럼 자취에 익숙한 것 같지가 않았지만 자취를 위해 살림을 장만했다. 서미자와 살림도구를 사러 시장에 다녀오기도 했다. 그 모습이 꼭 신접살림을 장만하는 신혼부부처럼 보였다. 그래서 이쯤에서 이제 그의 마음을 받아들이기로 마음먹었을까 싶어 은근히 기대하기도 했다.

그날 저녁에 그가 자취를 시작하는 기념으로 한턱낸다며 방으로 모두 초대했었다. 미스 서가 자기를 위해 애썼다는 말도 보탰기에 자취생들은 그녀 덕분에 맛있는 걸 먹겠다는 생각에 은근히 기대되었다. 방에는 백 년을 자취해도 먹어볼 수가 없는 모둠회며 전복죽이며 대게찜에 콩가루를 묻힌 인절미 등이 한 상 차려져 있었다. 그렇게 차려놓고도 뭔가 부족한지 고기를 구울 생각도 해봤는데 미스 서가 연기를 싫어해 이걸 준비했는데 괜찮은 선택이었는지 모르겠다고 덧붙였다. 그러니까 이 모든 음식은 그녀를 먹이기 위해서였다. 우리는 그냥 말 그대로 들러리인 셈이었다. 그래도 뭐 괜찮았다. 오랜만에 만나 온갖 맛난 음식에 이유 여하를 막론하고 즐겁기만 했고 오히려 그녀가 그 자리를 박차고 일어날까 그게 걱정이 될 뿐이었다. 다행히 서미자도 입술을 오물락오물락거리면서 아주 맛있게 잘 먹었다.

어느 날 서미자는 나에게 부탁이 있다고 했다. 미스터 정 때문에 성가셔서 죽겠다면서 그에게 서미자 좀 그만 괴롭히라고 한마디 해달라고 했다. 아마 내가 말하면 들어줄 거라고 덧붙이기도 했다. 그녀의 표정이 너무 진지해서 이참에 작정하고 물어봤다. 그동안 물어보고 싶었지만 나이도 어린 게 주제넘게 참견한다고 할까봐 참았더랬다.

"도대체 아저씨가 왜 마음에 들지 않는 거야?"

이렇게 단도직입적으로 물어보자 그녀는 당황했는지 얼굴이 빨갛게 물들었다. 아차 싶었다. 내가 무엇을 보고 멋대로 판단했을까. 그래서 얼른 덧붙였다.

"나는 아저씨가 좋기만 하던데."

작은 소리로 혼잣말처럼 하면서 그녀의 표정을 살폈다.

"좋기야 하지. 어찌 되었든지 미스터 정이 오면 네가 나 대신 말 좀 해줘라. 알았지?"

그러는 사이에 당사자가 부엌문을 똑똑 두들기면서 미스 서를 불렀다. 언니가 미처 대답하기도 전에 부엌문을 드르륵 열고 방문도 드르륵 열고 머리를 먼저 들이밀었다. 시내에 나갔다 왔다면서 빵이 든 불룩한 봉투를 바닥에 내려놓으면서 그녀의 눈치를 살폈다. 내 생각에는 그녀에게 빵을 주고 싶어서 일부러 시내에 나갔다가 온 것 같았다. 십중팔구 도로 가지고 가라고 할 테지만 언제나 꿋꿋이 먹을 거를 들이밀며 눈치를 봤다. 나는 조금 전에 그녀에게 주제넘게 참견한 것도 있는데다 그녀가 자꾸 눈치를 주자 하달한 심부름은 해야 할 형편이었다. 조금이라도 생각이라는 걸 했다면 그리하지 않았을 텐데 그때는 아무 생각이 없었다.

"아저씨는 언니가 싫다고 하는데 왜 자꾸 언니를 못살게 구세요?"

"뭐라?"

그는 처음에 내 말이 이해되지 않는지 아니면 잘못 들었다고 생각하는지 눈을 둥그렇게 뜨고 물었다. 그러고는 곧 이해가 되는지 그녀 한번 바라보고 나도 한번 쳐다보았다.

"아이구야. 쪼그마한 게 뭘 안다고 그러노? 고만 니 방에 가라. 아저씨 언니랑 얘기 좀 하게."

나는 그의 서슬에 그만 내 방으로 갈 양으로 엉덩이를 들자 그녀가 내 손을 잡아 주저앉혔다. 그는 그때까지 부엌에 서서 방 문설주에 한 손을 기대고 있었다. 그녀가 방으로 들어오라고 했으면 냉큼 들어왔을 텐데 들어오라는 말이 없으니 들어가지도 못하고 뻗치고 서 있을 뿐이었다. 나도 내가 얼마나 한심한 말을 했는지 그제야 깨달아 얼른 그 자리에서 도망치고 싶은데 그녀의 손목에 잡혀 일어서지도 못해 안절부절못했다. 뜻밖에도 이 우스꽝스러운 상황에서 벗어날 수 있게 해준 사람은 언니의 남동생이었다. 그 아이가 나타나는 바람에 정우식은 머리를 설레설레 흔들며 자기 방으로 돌아갔고 나도 그제야 내 방으로 돌아올 수가 있었다. 괜히 참견했다는 생각에 후회와 부끄러움이 들어 내내 마음이 편하지 않았다.

미스 서에서 '땡삐'로 잠깐 호칭이 변한 시점은 이 집 자취생 모두가 1박 2일로 조성도 집으로 초대가 되어 간 후였다. 조는 대학 도서관에서 대출 업무를 보는 40대 남성이었다. 학생들이 책을 대출하거나 반납할 때 한번도 그냥 보내주지 않았다. 하나님을 믿느냐고 물었고 교회 다니냐고 물었다. 다니고 있다고 하면 잘했다며 열심히 다니라고 했지만 다니지 않는다고 하면 그때부터 교회를 다녀야 할 이유를 일장 연설했다. 학생들은 창구 앞에 선 채로 붙들려 있어야 하는 난감한 일이 날마다 일어났다.

서미자와 조는 무척 친한 사이처럼 보였다. 그녀는 주일에 교회에 가기는커녕 방안에 성경책 한 권 꽂혀 있지도 않았지만 대출 창구 앞에서 조와 말이 척척 맞았다. 한참 수다를 떨더니 급기야 그 주 토요일에 조의 집으로 자취생 모두가 초대를 받았다. 집밥이 그리운 학생들이었지만 일요일에 교회 가자고 할까봐 부담스러웠다. 그런데 이런 마음이 익히 짐작되었는지 교회 가자고 하지 않을 테니 안심하라는 말도 덧붙였다.

조의 집은 소나무 숲을 얼마쯤 뚫고 들어가 푸른 갈대가 바람에 설렁설렁 일렁이는 갈대숲이 내려다보이는 호수 옆에 우뚝 서 있었다. 짭조름한 바닷냄새가 풍겼다. 거기서 5분만 걸어가면 파도가 넘실거리는 바다가 나왔다. 기와지붕에 거실을 중심으로 방이 세 칸 있었고 마당을 나와 뒤란으로 돌아가면 작은 방이 한 칸 또 있었다. 마당이 넓었고 마당가와 푸른 대문을 나와 담장 밑으로 백일홍과 봉숭아가 조롱조롱 꽃을 피우고 있었다. 조는 평균 남자 키보다 훨씬 작은 단신인데 그의 부인도 조의 어깨 밑으로 떨어질 정도로 아주 작았다. 자식은 딸만 여섯 명이었고 모두 고만고만해서 이것도 신앙과 어떤 영향 때문인지 잠깐 생각했다. 자취생을 대표로 정우식이 소고기 몇 근을 신문지에 둘둘 감아 가지고 갔다.

이른 저녁을 먹고 집 앞에 펼쳐진 푸른 갈대밭으로 우리는 놀러 갔다. 갈대숲에 들어가자 갈대에 폭 싸여 일행들이 보이지 않았다. 노란 스트립 샌들이 모랫바닥에 폭폭 빠졌다. 가장자리는 긴 고랑이 깊게 파여 있었다. 물기가 없어 고랑에 빠져도 별 탈이 없겠지만 웬일인지 싱크홀처럼 모래가 푹 꺼지며 깊은 바다로 흘러들어갈 것 같은 착각이 일어 조금 무서웠다. 머리 위로 우뚝 솟은 갈대가 서그럭서그럭 한몸으로 울어대고 있어서인지도 모르겠다. 둘러봐도 다른 사람들은 모두 어디로 갔는지 보이지 않았다. 거기서 공과 첫 키스를 했다. 내 무서움보다 그가 넘어질까 두려워서인지 어째서인지 모르겠는데 하여간에 내가 공의 손을 먼저 잡아서였을까. 갈대숲에 바람이 설렁설렁 파도처럼 흔들렸고 갈대와 갈대가 서로 쓸리면서 내는 소리가 청량하다 못해 신비로웠다. 우리를 응원하는 것만 같아서 오랫동안 그의 품속에 가만히 있었다.

그 밤에 조와 조의 부인이 갑자기 외출했다. 가까운 지인이 상을 당했지만 손님과 어린아이를 두고 갈 수가 없겠다고 하자 서미자가 그 특유의 친화술을 발휘해 등을 떠밀었다. 그들은 못이기는 척 나가는 데 미안함보다는 홀가분하게 어디 좋은 곳에 외출하는 느낌이었다. 다음 날 아침에 서미자는 사서 간 소고기를 조금 덜어 국을 끓여 아침상을 차렸다. 거실에 교자상을 두 개나 펴야 다 앉을 수가 있었다. 아침을 다 먹고 설거지와 어린아이들을 씻기고 집 안 청소를 하고 나자 그때야 조 부부는 집으로 들어왔다.

그녀는 이 모든 일을 조금도 막힘없이 척척 했다. 그게 그들의 눈에 들었는지 조가 함께 살자고 제안했다. 뒤란을 돌아가면 나오는 뒷방이 비어 있어서 안성맞춤이라며 물론 방세도 받지 않겠다고 했다. 학교로 통학하는 것도 조가 출퇴근하는 오토바이 뒷좌석에 앉아서 가면 교통비도 들지 않을 거고 먹여주는 것도 공짜라고 했다. 조건은 시간 날 때 아이들 숙제나 봐주면 된다고 했지만 기껏 해봐야 초등학생들이라 일이라고 할 것도 없었다. 내가 파격조건이라고 추켜세우니 틈틈이 집 안 일을 도와주어야 할 것이라고 그녀는 심드렁하게 말했다. 방은 마음에 든다고 했다. 뒷방이니 별채와 다름이 없겠다고 했다.

나는 그녀가 뒷방에 앉아서 공부만 하는 상상을 하다가 그건 안 될 것 같다는 생각도 들었다. 망설이는 이유가 동생 때문인 듯도 했다. 그녀는 내 마음을 읽은 듯 동생은 취직이 되어 곧 따로 나가 살 거라고 했다. 그렇다면 더더욱 망설일 이유가 없을 것 같았지만 쉽게 결정을 내리지는 못했다. 어디에 취직이 되었냐고 물어봤는지 기억에 없다. 그거보다는 그 여름날에 정우식과 서미자가 여행을 다녀온 게 더 기억에 세세히 남았다.

여름방학 내내 우리는 논두렁길을 걸어 도서관을 다녔고 도서관에서 내려오면 각자의 방에서 저녁을 해결하고 조금 쉬었다가 다시 서미자 방에 모여 노는 게 일상이었다. 정우식은 어느 순간부터 도서관에 따라다니지는 않았지만 그녀 방으로 놀러오는 거는 한번도 빠지지 않았다. 여름방학이 끝나갈 무렵 그녀는 집에 다니러 가겠다며 떠났고 정우식도 보이지 않았다. 나는 둘이 동시에 사라져 의심스러웠다.

며칠이 지난 어느 날 둘은 나란히 자취집으로 들어왔다. 우연히 대문 앞에서 만나 같이 들어왔다고 하기에는 그들의 복장이 이상했다. 꼭 신혼여행에서 돌아온 부부처럼 아저씨는 양복을 깔맞춤해서 입었고 그녀는 통 넓은 바지 정장을 입었다. 그는 평소에도 세미 정장으로 멋스럽게 옷을 잘 입어 모습이 이상하기는커녕 멋쟁이가 멋을 한층 부린 모습이었다면 그녀는 갖추어 입은 옷차림이 너무 촌스러웠다. 통이 넓은 정장 바지에 엉덩이를 덮은 긴 상의로 인해 짧은 다리가 더 짧아 보였다.

 그런데 얼굴은 새색시처럼 발그레하게 물들었고 자꾸 웃었다. 후다닥 옷을 갈아입고 그녀의 방으로 나타난 정우식의 표정도 한결 느긋해 보였다. 그는 자꾸 그녀와 눈을 맞추며 웃기만 했다. 평소와 다른 분위기로 인해 한껏 의심이 들었지만 둘 중에 누군가가 말해줄 때까지 기다릴 작정이었다. 지금의 분위기로 봐서는 오늘 밤이 지나기 전에 입이 간지러워서라도 다물고 있을 것 같지 않았다. 사랑은 주머니 속에 든 송곳이라고 하지 않았던가.

 정우식의 입이 먼저 터졌다. 서미자가 피곤하다고 해 우리는 그녀의 방에서 쫓기듯이 나왔다. 정우식이 자기 방에 가서 맥주 한잔하자고 했다. 그는 그새 상을 펴놓고 맥주와 오징어와 땅콩과 음료수와 수박과 과자를 한 상 가득 차려놓았다. 먹는 것 좋아하는 그녀가 생각나 언니를 불러오겠다고 일어서니 다른 날과 달리 아저씨는 피곤하다는데 그냥 두라고 손사래까지 치면서 만류했다. 이유는 곧 밝혀졌다.

 내 짐작이 맞았다. 정우식과 서미자는 둘이 여행을 다녀왔다. 여행 첫날 친구 집에 가서 잤다는 말에 기껏 그녀를 꼬여 데리고 간 곳이 친구 집이라는 게 실망이었다. 더군다나 그 집에서 친구의 아내와 그녀가 같이 자고 아저씨는 친구와 잤다는 말을 굳이 하는 이유가 뭘까 싶었다. 그런데 그다음 날에도 또 다른 친구 집에 가려고 하자 미스 서가 친구에게 폐를 끼치는 것 같다며 가지 않겠다고 해 그날부터는 호텔을 잡았다고 했다. 그의 얼굴이 뭔가 부끄러운 듯 겸연쩍어 보였지만 한편으로는 어떤 자신감도 어렸다. 그런데 그 자리에 앉아 있는 사람들은 대수롭지도 않다는 듯 먹기만 했다. 먹어도 먹어도 자리가 나지 않는 상차림 앞에서는 다른 모든 거는 상관이 없었고 이해가 되는 분위기였다. 남녀가 사랑한다면 여관 가는 것쯤은 그 시절에도 이미 비밀 아닌 비밀이었다. 내가 공과 그랬던 것처럼 말이다. 그리고 며칠 후였다.

그날 무슨 이유였는지는 모르겠지만 오랜만에 찾아온 공과 방에서 대판 싸웠다. 공은 나와 본격적으로 사귀기 시작하고부터는 한집에 사는 게 다른 사람들 보기 편하지 않다며 근처에 있는 다른 집으로 이사를 갔다. 그 이면에는 그 집에 사는 자취생 누구도 내가 공과 사귀는 걸 좋아하는 사람이 없었다. 정우식만 반대도 찬성도 하지 않았다. 하긴 언니의 마음을 사기도 바빠 나에게 신경을 쓸 틈이 없었는지도 모르겠지만 그런 이유로 나와 공은 유난히 아저씨를 더 좋아했다.

우리는 마치 앞으로 안 볼 것처럼 싸우다가 도저히 안 되겠는지 공이 가버렸다. 금방 후회하는 마음이 들어 공을 잡고 싶었지만 그렇게 되면 앞으로 계속 공 앞에서는 쭈그리고 있어야 할 것만 같았다. 대문으로 향하는 발걸음을 서미자 방으로 향하게 했다. 그녀에게 공과 싸우게 된 이유와 누가 잘못했는지 판가름해주길 바랐다. 다 떠나 지금 찢어질 것만 같은 심정을 위로받고 싶었다. 이 일로 인해 공이 내 곁을 영원히 떠날까 싶어 불안했다. 그녀는 방에 없었다. 그녀가 없다면 대타는 아저씨였다.

아저씨의 부엌문을 드르륵 열면서 습관적으로 부엌 문지방을 넘었는데 발에 밟히는 신발 때문에 아저씨가 없다고는 생각이 들지 않았다. 부엌 미닫이문을 드르륵 소리 나게 열면서 아저씨를 불렀고 방문이 컴컴해서 또 한번 아저씨를 불렀다. 그러다가 신발이 한 켤레도 아니었고 내 발에 밟힌 신발은 작은 여자 슬리퍼라고 뒤늦게 깨달았다. 복도에 빨간 전구 불빛으로 어슴푸레하게 보이기도 했다.

그런데 내 시야보다 내 청각이 먼저 알아챘다. 방안에서 이상한 소리가 들렸다. 음음하는 소리도 들렸고 신음 비슷한 소리도 들렸다. 뭔가 낭패가 나서 안절부절못하는 듯한 그런 소리였다. 그 소리에 이제는 내가 얼음이 되었다. 발을 살그머니 빼 복도로 나와 부엌문을 최대한 소리를 죽여서 닫고 내 방으로 돌아왔다. 내 경거망동한 행동으로 그들이 방해를 받지 않기를 바랐고 누구에게도 오늘 이 장면을 말하지 않겠다고 스스로 다짐했다.

책이 눈에 들어올 리가 없었지만 책을 펼쳐놓고 있는데 내 방 부엌문이 드르륵 열렸다. 아니 그러기 전에 복도에 슬리퍼를 직직 끄는 소리가 들렸다. 서미자는 조금도 망설이지 않고 방문도 드르륵 열었다. 사실 그녀의 얼굴을 어떻게 쳐다볼지 고민이 되어 미처 방문을 열지 못했다. 그녀는 대뜸 무슨 일이 있냐고 물었다. 한쪽 손은 활짝 열린 부엌 미닫이 문틀에 올리고 한쪽은 문설주에 올린 모습으로 나를 내려다보며 물었다. 무심결에 그냥이라고 말했지만 개운하지 않았다.

분명코 내가 그 저녁에 그녀를 찾아 헤매었고 내 소리를 듣고 나타났으니까 뭔가의 해명이 필요했다. 공과 싸운 얘기를 했다. 그녀는 여전히 같은 자세로 서서 내 얘기를 듣더니 대뜸 내가 이해되지 않는다고 말했다. 그제야 언니를 쳐다보자 남들 모두 반대하는 데는 다 이유가 있는 거라며 이참에 공과 헤어지라고 했다. 공에게는 자격지심이 있어 그게 평생 갈 거고 그것 때문에 울 일이 많을 거라고 말했다. 그러고는 아무렇지도 않은 얼굴로 방문을 닫고 복도로 슬리퍼를 찍찍 끌면서 지나갔다. 조금 후에 그녀 방 부엌문이 드르륵 열리는 소리가 들렸다.

서미자 말이 참 섭섭해 한동안 그녀 방에 놀러가지 않았다. 여전히 공과 화해를 못해 마음은 하루에도 몇 번씩 지옥을 넘나들고 있는데 정우식과 서미자는 평소보다 더 다정하게 굴어 그게 보기 싫었다. 나를 전혀 배려하지 않는 것 같아 야속했다. 그런데도 여전히 그들이 도서관을 가든 산책하러 가든 가겟방으로 쭈쭈바를 사러 가든 함께 가면 나도 그들을 따라나섰다. 혼자 있는 것보다 덜 힘들었으니까.

2학기 개강이 가까워지자 종아리로 스치는 바람이 여름과는 달리 서늘했다. 날마다 이고 다니는 하늘도 더 높아졌다. 더 파래진 하늘에 흰 구름이 제각각의 모양으로 둥둥 떠다녔다. 새파랗던 벼도 고개를 조금씩 숙이며 누렇게 변했다. 논두렁에는 고추잠자리가 앉을락 말락 뱅뱅 돌며 낮게 날아다녔다. 본가에 갔던 자취생들이 속속 도착해 자췻집은 오랜만에 벅적벅적했다.

나도 수강 신청을 하느라 조금 바빴다.

화장실이 마당 귀퉁이 담장과 이웃하고 있어서 긴 복도를 지나가야 했다. 그 저녁에 정우식이 복도에서 서성거리고 있었다. 뭐하시냐고 물었던가. 아니 그가 먼저 말했다. 미스 서가 자고 있다고 했다. 한동안 땡삐라고 부르다가 다시 미스 서로 호칭이 바뀌는 순간이었다. 그녀가 자는데 그가 왜 방에도 들어가지 않고 복도에 서성거리고 있을까 싶어 쳐다봤다.

그는 자기 방문을 턱짓으로 가리켰다. 그녀가 그 방에서 잔다는 얘기인 듯한데 더 이해되지 않았다. 뭐 지금도 마찬가지였다. 그녀가 왜 굳이 그 방에서 그것도 초저녁부터 자고 있었을까. 그의 얼굴이 너무 슬퍼 보였다. 아니면 물이 아래로 흐르듯 욕심내지 않고 순리에 맡긴 듯한 초연한 얼굴이었다. 그는 미스 서가 좀 자고 싶다고 해서 편하게 자라고 자리를 피해주고 있다고 했다. 그녀다운 발상이었고 그다운 태도였지만 여전히 이해되지 않았다.

며칠 후에 그녀는 조 집으로 들어갔고 그도 온다간다 말도 없이 사라졌다. 그 이후에 두 사람을 학교에서라도 한번쯤 마주친 적도 없어 졸업했는지도 궁금했다. 그냥 정우식 하면 '미스 서'를 줄기차게 부르면서 뒤꽁무니만 쫓아다니던 일과 초저녁에 어스름한 복도로 왔다갔다 하던 모습이 떠올랐다. 두 사람이 약속이나 한 듯이 조금의 시차를 두고 사라지자 홀로 남은 나는 그 이후로 오랫동안 혼자 논두렁길로 걸어 학교에 다녔다.

가게 온도가 청량해져서 손님맞이하기에 맞춤할 즈음에 문을 열고 들어선 사람은 정우식이었다. 한눈에 알아볼 수가 있었다. 우리는 서로 말은 하지 않았지만 못알아볼까봐 걱정했던 모양이었다. 삼십 년이 훌쩍 지났으니 장담할 수가 없었다. 아저씨의 얼굴에는 안도의 빛이 어렸는데 가게 안으로 들어서지 않고 도로 문을 닫았다. 어리둥절해 따라나갔더니 길가에 세워둔 승용차를 향해 손짓했다. 승용차 문이 열리고 세 명이 내렸다. 젊은 남자의 손에는 토마토 박스가 들려 있었다. 그들이 가게로 들어오자 아저씨는 차례로 소개했다.

얼굴이 곱고 자그마한 분은 부인이었고 아저씨와 부인의 얼굴이 반반 섞인 다부져 보이는 체격에 훈남은 말하지 않아도 아들로 보였다. 옆에 요즘 전형적인 아가씨 스타일인 날씬하고 예쁘고 세련된 여자는 예비 며느릿감이라고 했다. 어서 앉히고 준비해둔 커피를 내놓았다. 젊은이 둘은 아메리카노를 선택했고 아저씨와 그의 부인과 남편은 캐러멜마끼야또를 선택했다. 아저씨는 나보고 얼굴이 좋아보인다며 학교 다닐 때보다 더 예뻐졌다고 말하자 부인이 아무려면 그때가 더 예뻤겠지 무슨 소리냐고 퉁박을 주었다. 나는 그때도 예뻤는데 아저씨가 쳐다보지 않았다고 말해 일제히 웃었다. 정우식과 나만 서로 눈을 맞추었다. 나처럼 서미자 언니를 생각했겠지. 그의 눈빛이 아련했고 촉촉해 보였다.

"공이 잘해주나보네."

"뭐 돈을 많이 벌어주지 못해서 그렇지 속 안 썩이면 잘해주는 거겠죠."

남편이 기다렸다는 듯이 얼른 대답했다.

아저씨가 내 얼굴을 물끄러미 바라보고 있어서 대답을 하긴 해야 했다.

"뭐 그럭저럭 큰 욕심 안 부리고 살고 있어요."

"그래, 그러면 되는기라."

라운딩 시간에 맞추자면 일어나야겠다고 하자 남편은 옥수수 한 자루를 차에 얼른 실었다. 아들 결혼식이 언제냐고 내가 물어보자 올 가을이라며 그때 경주에 놀러오라는 말에 고개를 끄덕였지만 속으로 못 갈 거로 생각했다. 멀어져 가는 승용차 꽁무니를 눈으로 쫓으면서 저 차에 서미자가 타 있었더라면 하고 상상하다가 이내 머리를 흔들었다.

가슴 한쪽에 구멍이 하나 있어도 괜찮을 듯했다. 눈빛은 이 세상의 물을 다 담은 듯 촉촉했지만 여전히 차림새가 세련되었고 적당하게 살이 붙어 안정적으로 보여 저 삶도 나쁘지 않았겠다는 생각이 들었다. 서미자와 살았다면 저런 삶이 펼쳐졌을 것 같지 않았다. 그녀 팔자 어디에도 저런 편안하고 럭셔리한 부분이 없을 것 같았다.

그렇다면 나와 공 중에 누구의 팔자로 인해 공은 날마다 뜨거운 햇살과 싸우며 밭고랑을 헤매고 있는 걸까. 또 나는 누구의 팔자로 에어컨도 빵빵 틀지 못하고 살까. 서로에게 도움을 주기는

커녕 서로를 갉아먹지 못해 안달하는 것보다는 가슴 한쪽에 커다란 구멍 하나 품고 사는 삶도 괜찮을 것 같았다. 누구에게도 말 못할 비밀 하나 가지고 있는 것도 없는 인생보다는 삶이 풍성할 듯싶었다. 그리울 때 가끔 꺼내 그리워하다가 도로 구멍에 집어넣고는 얼마쯤은 잊고 지내다가 또 어떤 계기로 생각나면 구멍에서 꺼내 그리워하며 눈물 흘리는 삶도 럭셔리 범주에 드는 삶인 듯싶다.

오밤중에 달빛에 끌려 논두렁 길을 걸어 공의 자취방을 먼저 찾아가지만 않았어도 내 삶은 다른 식으로 펼쳐졌을까. 아니면 또 다른 공을 만나 지금과 똑같은 삶에서 허덕이고 있을까.

작가의 말

# 이해받지 못한 감정에 위로가 되기를

 사람들은 살아간다지만 사실은 날마다 버티며 견디는 중이라는 걸 요즈막에는 자주 느낀다. 이 소설 속 인물들도 그렇다. 어떤 이는 한번의 선택으로 무너졌고 어떤 사람은 매일 같은 고통을 견디며 살아간다. 도망치지 못한 채 혹은 도망칠 힘조차 없어서….

 이야기는 늘 구멍 하나에서 시작되는 것 같았다. 말하지 못한 감정, 덮어둔 기억, 누구에게도 보이고 싶지 않은 결핍 같은 것들이다. 어떤 것은 지나치게 조용했고 어떤 것은 너무 시끄러웠다. 일상에서 무너지거나 고군분투하는 사람들, 그 틈에서 피어나는 허망함과 집착, 생존의 몸짓.

 어떤 이야기들은 처음부터 끝까지 슬프고, 어떤 이야기는 처음부터 끝까지 답답해서 옆에 있다면 머리통이라도 한 방 쥐어

박고 싶었다. 또 어떤 이야기는 끝나고 나서 슬픔이 시작된다.

이 책에 실린 여덟 편의 이야기는 그런 슬픔 사이를 오가며 이야기가 완성되었다.

「여름의 끝에서, 연지」는 신분 상승의 사다리를 타려던 한 인물의 좌절을 그렸다. 세상이 내민 사다리는 그럴듯하지만 끝내 누구를 태워줄 생각도 없다는 것을 깨닫는 이야기이다. 「제천」은 도살장과 인간의 도덕성이 뒤엉킨 끝에 한 인물이 타락해가는 이야기이다. 「협곡」은 부양이라는 이름 아래 무너져가는 감정을, 「어떤 싸움」은 거대한 시스템과 무책임한 위로 속에 고군분투하는 사람의 이야기이다. 「비암」은 조금 더 은유적으로 사람 사이에 놓인 틈새와 욕망, 그리고 그 이면의 쓸쓸함을 다뤄보려고 했다.

이야기 속 인물들은 늘 무너지고 속고 후회한다. 그럼에도 불구하고 다시 걸음을 내딛는다. 이 책이 그런 사람들의 마음에 닿을 수 있기를 그리고 독자 여러분의 어딘가를 건드릴 수 있기를 조심스럽게 기대해본다. 각자의 마음에도 작은 구멍 하나쯤 있다면 이 이야기들이 그 너머를 잠시 들여다보는 창이 되어주기를 욕심내본다. 이해받지 못한 감정에 위로가 되기를 바란다.

단편이라는 형식은 언제나 아쉬움을 안고 있다. 조금 더 들여다보고 싶은 인물들, 말하지 못한 이야기들, 닫히지 않은 문들, 그 여백을 독자 여러분이 채워주신다면 이 이야기들은 비로소 완성될지도 모르겠다.

작가들이 글을 쓰게 되는 동기를 네 가지로 구분한 조지 오웰의 글을 흥미롭게 읽었다. 첫 번째는 온전한 이기심이고 두 번째는 미학적 열정, 세 번째는 역사적 충돌, 네 번째는 정치적 목적이라는 거였다. 네 가지 모두 날마다 고민하는 부분이라 깊게 공감했다. 하지만 워낙 지식이 일천하고 재주가 없다보니 매번 글을 내놓을 때마다 부끄럽기 짝이 없다.

늘 덤벙거리기 일쑤여서 오문과 오타를 찾지 못하는 나를 위해 자기 글 쓰기도 부족할 텐데 귀한 시간을 내어 교정을 봐준 L작가에게 고맙다는 말을 전한다. 또 이번에도 기꺼이 수고를 아끼지 않은 도서출판 북인에도 감사의 인사를 드린다. 또 늘 묵묵히 응원해주는 가족에게도 비로소 고맙다는 인사를 해본다. 마지막으로 돌아가신 지 이 년이나 지났지만 여전히 문을 열고 들어오실 것 같은 하서 선생님께도 이제야 감사의 인사를 드린다. 마당가에는 선생님이 손수 떠 와서 심어주신 산수국이 물 만나 한창인데….

2025년 비의 계절에
심봉순

심봉순 소설집
# 제천

지은이_ 심봉순
펴낸이_ 조현석
펴낸곳_ 북인
디자인_ 푸른영토

1판 1쇄_ 2025년 11월 20일
출판등록번호_ 313 - 2004 - 000111
주소_ 121 - 842 서울 마포구 서교동 460 - 34, 501호
전화_ 02 - 323 - 7767
팩스_ 02 - 323 - 7845

ISBN 979-11-6512-512-7  03810
값 15,000원

**이 책은 강원특별자치도, 강원문화재단 후원으로 발간되었습니다.**

이 책의 글과 그림에 관한 저작권은 저자와 출판사에 있습니다.
저자 허락과 출판사 동의 없이 내용의 일부를 인용, 발췌를 금합니다.